बटोही

हृषीकेश सुलभ

राजकमल प्रकाशन

इस नाटक के मंचन, समग्र या आंशिक रूप में किसी भी प्रकार के उपयोग के लिए नाटककार की पूर्वानुमति आवश्यक है।
सम्पर्क : **हृषीकेश सुलभ :** पीरमुहानी, मुस्लिम कब्रिस्तान के पास कदमकुआँ, पटना 800 003 फोन : 09431072603

ISBN : 978-81-267-1334-9

मूल्य : ₹150

पहला संस्करण : 2007
पहली आवृत्ति : 2013

प्रकाशक : राजकमल प्रकाशन प्रा. लि.
1-बी, नेताजी सुभाष मार्ग
नई दिल्ली-110 002

शाखाएँ : अशोक राजपथ, साइंस कॉलेज के सामने, पटना-800006
पहली मंज़िल, दरबारी बिल्डिंग, महात्मा गांधी मार्ग, प्रयागराज-211001

वेबसाइट : www.rajkamalprakashan.com
ई-मेल : info@rajkamalprakashan.com

आवरण : राजकमल स्टूडियो

मुद्रक : बी.के. ऑफसेट
नवीन शाहदरा, दिल्ली-110 032

BATOHI
Play by Hrishikesh Sulabh

अपनी दीदी

श्रीमती संध्या श्रीवास्तव

के लिए

स्वगत

यह भिखारी ठाकुर की जीवनी नहीं है और न तो यह जीवनीपरक नाटक है। भिखारी ठाकुर की रचनात्मकता इस नाटक की केन्द्रीय चेतना है। यह नाटक उन चिन्ताओं, स्थितियों और लोगों के बीच से गुज़रने का प्रयास है, जिनके रचनात्मक दबाव के कारण भिखारी ठाकुर जैसे कवि-नाटककार-रंगकर्मी ने आकार लिया। वह समाज की अन्तिम क़तार में खड़े लोगों के बीच पैदा हुए और उन्होंने वहीं से चुने अपनी रचना के बीज-तत्त्व। सामन्ती व्यवस्था की क्रूरताओं और जाति व्यवस्था के घिनौने आतंक के बीच अपने रंगकर्म से जीवन की पक्षधरता का दुस्साहसी अभियान चलानेवाले भिखारी ठाकुर को रचते हुए मैंने तथ्यों से परे जाकर बहुत कुछ तलाशने की कोशिश की है। इस नाटक में कमला बबुनी की उपस्थिति ऐसी ही कोशिश का प्रतिफल है। ऐसे कई और चरित्र इस नाटक में शामिल हैं।

यहाँ भिखारी ठाकुर के निर्माण की प्रक्रिया में प्रत्यक्ष-अप्रत्यक्ष रूप से कई स्त्रियाँ शामिल हैं। उनकी पत्नी मनतुरनी को मैंने एक ऐसी स्त्री के रूप में रचने का प्रयास किया है, जो ऊपर से अनगढ़ दिखती है, पर भीतर से बेहद संवेदनशील और सजग है। मनतुरनी के भीतर छिपा है स्त्री-जीवन की पीड़ा का समुद्र। इसकी लहरों के थपेड़ों से भिखारी की दुर्बलताएँ बह जाती हैं। मनतुरनी उनके अन्तर्द्वन्द्वों को उजागर करती हैं और उनकी लालसाओं की दिशा मोड़कर नई राहों की ओर संकेत करती हैं। कमला बबुनी का दुख भी भिखारी ठाकुर को माँजता है। टीसता रहता है मन की अतल गहराइयों के भीतर छिपकर। यह टीस भिखारी ठाकुर को सृजन के लिए उकसाती है। तिवारी बहू, मोती बहू और बुचिया जैसी स्त्रियों के जीवन का हाहाकार भिखारी ठाकुर के मन-प्राण में अजस्र नाद की तरह गूँजता है और ढलता है शब्दों में, लय-ताल में, स्वरों में, देह की गतियों-मुद्राओं में यानी नाट्य की विभिन्न

भंगिमाओं में।

भिखारी ठाकुर का समय कई हलचलों से भरा हुआ है। स्वतन्त्रता आन्दोलन के उथल-पुथल भरे समय में वह स्त्री-जीवन के दुखों का छोर पकड़ अपनी सृजन-यात्रा पर निकलते हैं। रोज़गार के लिए परदेस गए लोगों की छूट गई स्त्रियों और धन के लालच में ब्याह के नाम पर बूढों के हाथ बेच दी गई स्त्रियों के जीवन की मुक्ति को भिखारी ठाकुर भारत माता की मुक्ति के रूप में देखते हैं। सामन्तों के विरोध के बावजूद वह जन-जन की आवाज़ बनकर उभरते हैं और छा जाते हैं दिक्-दिगन्त में। भिखारी ठाकुर की अपार लोकप्रियता उन्हें, उनके जीवन-काल में ही महानायक बना देती है।

भिखारी ठाकुर बार-बार पंछी की तरह उड़ते हैं। यात्रा पर निकलते हैं। एक जगह से दूसरी जगह भटकते रहना उनकी नियति है। कुतुबपुर, फतनपुर, खड़गपुर, मिदनापुर, जगन्नाथपुरी, कलकत्ता, चन्ननपुर...जाने कितने ठौर आते हैं उनके जीवन में ! निरन्तर आकुल और जिज्ञासु। गंगा की जलधार से कटकर आज तक भटकते हुए अपने गाँव की तरह। यश और प्रसिद्धि पाने के बाद भी भिखारी ठाकुर डगर-डगर चलते रहे। गाँव-गाँव और नगर-नगर घूमकर अपने नाटकों का प्रदर्शन करते रहे। अपने चर्चित नाटक 'बिदेसिया' में भी वह 'बटोही' का अभिनय करते थे। बटोही ! इस एक शब्द में उनकी यायावरी, छटपटाहट और रचनात्मक बेचैनी, सबकुछ शामिल है। इस नाटक का रंगविधान बेहद लचीला है और इस बात की छूट देता है कि अभिनेता पाठ के भीतर छिपे रंगतनावों को अपने कौशल से आविष्कृत करे और उपपाठ की नई छवियाँ रचे। इस नाट्यालेख में प्रयोगधर्मी रंगसंगीत की सम्भावनाएँ छिपी हैं। रंग-निर्देशों से परे जाकर भी यहाँ बहुत कुछ रचा जा सकता है।

इस नाटक को बहुत पहले लिखा जाना था। पर किन्हीं कारणों से यह टलता रहा। फिर संजीव का जीवनीपरक उपन्यास 'सूत्रधार' आया। इसके रूपान्तरण के लिए प्रस्ताव आए। मुझे लगा, रूपान्तरण के लिए मैं सक्षम नहीं। 'बटोही' लिखने की दबी हुई इच्छा एक बार फिर अँखुआने लगी। मैंने जब इस नाटक का प्रस्ताव दिया, मेरे मित्र और सुपरिचित रंगकर्मी श्री देवेन्द्र राज अंकुर ने इसे सहर्ष स्वीकार किया। पर हमेशा की तरह लिखना टलता ही रहा। अंकुरजी बार-बार टोकते

रहे और मैं झूठ बोलता रहा। अनुजवत् अजित राय ने नाटक लिखने के लिए हर सप्ताह फ़ोन पर दबाव बनाए रखा। संजय उपाध्याय, शिवकेश मिश्र, संगम पांडेय आदि मित्र नाटक की याद दिलाते रहे। नाटक के पहले प्रारूप के बाद मेरे और अंकुरजी के बीच हुए नाट्य-पाट से एक नई प्रक्रिया आरम्भ हुई। नाटक के इस प्रारूप तक पहुँचने में उनकी असहमतियों-सहमतियों से मुझे मदद मिली। कथाकार-उपन्यासकार मित्र संजीव के उपन्यास ने मेरे शोध को सम्पन्न किया और नाटक लिखने के लिए नई रचनात्मक चुनौतियाँ पेश कीं। संजय उपाध्याय के रंगसंगीत और सुरेश भारद्वाज की मंच एवं प्रकाश-परिकल्पना से इस नाटक के प्रभाव में गुणात्मक वृद्धि हुई। रंगमंडल के कलाकारों के साथ नाट्य-पाठ के दौरान मैं नए अनुभवों से गुज़रा। सबके प्रति आभार।

पुनर्लेखन के दौरान दिल्ली प्रवास में बेटी वत्सला अपनी माँ की तरह मेरे लिए सुविधाएँ जुटाती रही। स्नेह।

और अन्त में कवि केदारनाथ सिंह के प्रति आभार प्रकट करना चाहता हूँ, जिनकी कविता 'भिखारी ठाकुर' की पंक्तियाँ नाटक लिखने के दौरान मेरी बाँह गहे साथ-साथ चलती रहीं।

—हृषीकेश सुलभ

निर्देशकीय

एक रचनाशील कलाकार कैसे अपने रास्ते की तरफ़ बढ़ता है, रास्ते में आनेवाले विकल्पों में से चुनाव की समस्या अथवा व्यवधानों और अवरोधों का सामना करने की चुनौती, ये बहुत से सवाल हमेशा से मुझे आकर्षित करते रहे हैं। यूँ तो मोहन राकेश का 'आषाढ़ का एक दिन', जगदीश चन्द्र माथुर का 'कोणार्क' और भीष्म साहनी का 'हानूश' अपने-अपने ढंग से इस तथ्य को उठाते रहे हैं। इधर दो-तीन वर्ष पहले संजीव का उपन्यास 'सूत्रधार' भी सामने आया है जो बिहार के लोक कलाकार, गायक और नाटककार भिखारी ठाकुर की ज़िन्दगी पर आधारित है। विचार बना था कि उसी का नाट्य रूपान्तरण करके मंच पर प्रस्तुत किया जाए। इसी बीच हृषीकेश सुलभ ने प्रस्ताव रखा कि क्यों न भिखारी ठाकुर पर स्वतन्त्र रूप से एक नाट्य रचना को प्रस्तुति का आधार बनाया जाए। मुझे उनका यह प्रस्ताव पसन्द आया और यह प्रस्तुति नाटक के कई संस्करणों में से गुज़रते हुए वर्तमान रूप तक पहुँची है। इस रचना-प्रक्रिया में सुलभजी और मेरे बीच हुए नाट्य-पाठ तो शामिल हैं ही, इसके साथ-साथ अभिनेताओं के सुझावों को भी अनदेखा नहीं किया गया है। शुरू में अभिनेता नाटक को लेकर असमंजस में थे, लेकिन मैंने उन्हें विश्वास दिलाया कि यदि वे स्वयं अपने अनुभवों की रौशनी में नाटक को अपनी आज की समस्याओं से जोड़कर देखें, तो नाटक उनके लिए उतना ही सार्थक होता जाएगा। मुझे ख़ुशी है कि उन्होंने मेरी बात को समझा और स्वीकार किया और जिस तरह की रंगभाषा और व्याकरण में से गुज़ारकर मैं उन्हें ले जाना चाहता था, उसके लिए वे हमेशा तैयार मिले।

प्रस्तुति जहाँ तक पहुँची है, यह उसी सामूहिक प्रक्रिया का परिणाम है, जिसमें नाटककार, अभिनेता, निर्देशक और संगीतकार सभी शामिल हैं।

—देवेन्द्र राज अंकुर

मंच पर

रामानन्द सिंह ● टीकम जोशी

भिखारी ठाकुर ● सुमन वैद्य

दलसिंगार ठाकुर/बुचिया का भाई ● संजय मापारे

शिवकली/तिवारी बहू ● दक्षा शर्मा

बहोर ठाकुर ● निर्मलकान्त चौधरी

मनतुरनी ● निधि मिश्रा

मिसिरजी/मुखलाल/बूधन ● सुभाष चन्द्रा

बाबूलाल ● विनोद शर्मा

जगदेव/सरूप ● सौती चक्रवर्ती

जगधारी/रामदेव बिन्द/गोरख/जूठन ● सर्मीप सिंह

बंगाली/युवा ● अमित कुमार पाठक

भगवान साह/सोमारू/पारस चौधरी ● गोविन्द पांडेय

कमला बबुनी ● प्रीति झा

मोती बहू/बुचिया ● दक्षिणा शर्मा

बुचिया के पिता ● मोतीलाल खरे

छबिला ● ओम प्रकाश

मंच परे

संगीत ● संजय उपाध्याय

पार्श्व गायन : संजय उपाध्याय, अंजना पुरी, अनिल मिश्रा, दक्षिणा शर्मा, प्रीति झा और गोविन्द पांडेय

कोरस : सुभाष चन्द्रा, अमित, गोविन्द, दक्षा, दक्षिणा और प्रीति

ध्वनि अंकन ● एस. मनोहरन

संगीत संयोजन ● अनिल मिश्रा

सिंथेसाइज़र : सैंडी, सारंगी : अनिल मिश्रा, बाँसुरी : पंकज, शहनाई : संजीव, बैंजो : नासिर, ताल संयोजन/ढोलक/आक्टोपैड : गगन, तबला : ओम प्रकाश, ताल वाद्य : मुस्तफ़ा हुसैन, हारमोनियम : संजय, संगीत संचालन : राजेन्द्र गोसाँई

प्रस्तुति समन्वयक ● पराग सर्माह

प्रकाश एवं मंच परिकल्पना ● सुरेश भारद्वाज

वस्त्र विन्यास ● वन्दना शर्मा

मंच सामग्री : मोतीलाल खरे, रूपसज्जा : सदानन्द पाटिल, स्मारिका : नसरीन इसहाक, पोस्टर : सुरेश शर्मा

सहायक निर्देशक ● सदानन्द पाटिल

निर्देशन ● देवेन्द्र राज अंकुर

प्रथम प्रस्तुति ● 11 जून 2006, अभिमंच, ग्रीष्मकालीन नाट्य समारोह, रानावि, नई दिल्ली

प्रस्तुति ● राष्ट्रीय नाट्य विद्यालय रंगमंडल, नई दिल्ली

(मंच पर गहन अँधेरा। अँधेरे में बिजली की कौंध, मेघों का गर्जन-स्वर और बाढ़ के कारण उफनती हुई नदी के जल-प्रवाह की ध्वनि।)

नेपथ्य-स्वर : *भादों रैन, गहन अँधियारा;*
बौराई नदिया की धार।
उमड़े जलधार।
मेघा कारे, गम्भीरे गरजें,
बिजुरी गिरे जलधार।
उमड़े जलधार।
बन्धन तोड़ के नाचे नदिया,
जिनगी फँसी मँझधार।
उमड़े जलधार।
नदिया ने छीना, नदिया ने लूटा,
मोरा प्रान आधार।
उमड़े जलधार।

(गंगा-तट। भिखारी शिशु का शव प्रवाहित करते हैं। उनके साथ रामानन्द खड़े हैं। भिखारी दोनों हथेलियों से जल को हिलकोरते हैं और अँजुरी से जल अर्पित करते हैं।)

भिखारी : हे माई ! हे गंगे ! समेटो माई, अपनी धार समेटो। अब कुछ ना बचा। सब तो ले लिया तुमने धीरे-धीरे। धरती गई तुम्हारे पेट में। खेती-बाड़ी,...घर-दुआर,...माल-मवेशी—सब ले लिया तुमने। अपना कोप समेटो माई !...माई, तुमने किसी को नहीं छोड़ा। अपने इस भिखारी को भीख दिया था, वो भी

ले गई माई तुम अपनी धार में बहाकर।...पहली औरत का मुँह भी नहीं देख पाए थे। का देखते ! वो उमर थी भला देखने की ! उसकी साड़ी का रंग भर याद है।...लाल, एकरंगे में बँधी हुई पोथी जैसे रेहल पर रखी हो, वैसे ही बैठी थी कोहबर में। बस इतना ही याद है। आज भी आती है सपने में। आकर खड़ी हो जाती है सिरहाने।...आमडाढ़ीवाली आई और आते ही तुमने उसके आँचर में बबुआ को डाल दिया। गोद भर दी उसकी।...पर का बिगाड़ा था उसने कि गोद भर दिया और पीछे से बुलावा भेज दिया ? कल ही तो सौंप गए थे उसकी देह तुम्हें।...और आज दूसरा दिन बीता भी नहीं कि बबुआ को बुला लिया।...इसको तो छोड़ देतीं,...हम पालते-पोसते औरत बनकर। इतनी दया भी नहीं की तुगने अपने भिखारी पर। भीख में दिया हुआ भी वापस ले लिया...। *(फूट-फूटकर रोते हैं।)*

रामानन्द सिंह : *(भिखारी को सँभालते हुए।)* भिखारी !...भिखारी। धीरज धरो भिखारी। कलेजा मजबूत नहीं करोगे, तो कैसे चलेगी जिनगी ?

भिखारी : कहँवा से लाएँ लोहे का कलेजा बाबूसाहेब ? कैसे धरें धीरज ?...अब बचा का कि धीरज धरें ?

रामानन्द : जो चला गया, सो अपना नहीं था भिखारी। जो बचा है, सो ही अपना है। गाँव-जवार, संगी-साथी, हित-परिजन, जो सामने है,...वही अपना है। अपने उस बाप के बारे में सोचो। उस बूढ़े के कलेजे पर कितना भारी वज्र गिरा है, जरा सोचो तो। जिसके जाने का वय, वो अपनी आँख से अपने बाल-बच्चों का जाना देख रहा है।

भिखारी : बाबूसाहेब !

(रामानन्द सिंह उन्हें बाँहों में भरते हुए उठाते हैं और तट से वापस ले चलते हैं।)

रामानन्द : भिखारी ! अब अपने को सहेजो।

भिखारी : बाबूसाहेब ! बहुत कठिन बखत पर आप हमारी पीठ पर खड़ा रहे हैं।

रामानन्द : तुम्हारे संगतिया हैं हम।

भिखारी : बड़का भइया भी तो हैं। राम हैं आप...रामजी हैं।

रामानन्द : दुख अकेले का नहीं होता। मिल-जुलकर ही कटता है दुख। अकेले का दुख तो पहाड़ की तरह होता है।

भिखारी : बाबूसाहेब, एक अरज है। *(दोनों हाथ जोड़ देते हैं।)*

रामानन्द : ऐसे मत करो भाई ! बोलो। बोलो तो सही।

भिखारी : हम गाँव छोड़ देंगे अब।...छोड़ देंगे कुतुबपुर।

रामानन्द : कहँवा जाओगे ? दुनिया इतनी आसान ना है भिखारी।

भिखारी : कहीं भी, पर कुतुबपुर में ना रहेंगे।...बहुत सह लिये अब। अब सहन नहीं होता।

रामानन्द : बड़का भइया मानते हो...रामजी कहते हो और अकेले वनवास जाना चाहते हो।

भिखारी : ऐसी औकात नहीं हमारी कि रामजी को साथ लेकर जाएँ।...फिर कवन देखेगा अयोध्या को ? ना बाबूसाहेब, ना।

रामानन्द : एक तो पहले से ही हमारे कलेजा पर बोझ है कि सब मेरे कारन हुआ। लोग कहते हैं कि भोले बाबा का मन्दिर बनवाने में...

भिखारी : ना बाबूसाहेब, ऐसी बानी मत बोलिए।

रामानन्द : कहँवा जाओगे भिखारी ? अपना गाँव, अपनी धरती छोड़कर चैन से कोई नहीं जी सकता भाई। पेड़-पौधा तक के लिए

आसान नहीं होता एक बार उखड़कर फिर से जड़ जमाना।

भिखारी : बाबूसाहेब ! धरती तो कहने भर को अपनी है। कहँवा है धरती ? होती, तो भूखे पेट, नंगे पाँव, जेठ-बैशाख की दुपहरिया हो, चाहे सावन-भादों की अधरतिया, भटकना नहीं पड़ता।

रामानन्द : और लोग-बाग,...संगी-साथी,...हित-परिजन ?

भिखारी : सो तो है।...पर बाबूसाहेब, मन बड़ा आकुल रहता है। सब तो लूट लिया भगवान ने। एक हाथ से दिया और दूसरे हाथ से छीन लिया।...अब मन उचट गया है। दूसरी बात ये है कि अब रे-तो सुनते,...सेवा-टहल करते,...बेगार खटते नहीं जीना चाहते हम।...आप भरोसा रखिए। आप झूठ भी पुकारेंगे, तो हम साँच हाजिर हो जाएँगे। हमारे पाँव में प्रेत है बाबूसाहेब। भटकना हमारे करम का खेल है।

रामानन्द : ठीक है। नहीं मानते, तो जाओ।...पर जब मन उदास हो, तो चले आना भिखारी। झूठा मान करके दुख मत सहना।

भिखारी : अब दुख और कैसा होता है बाबूसाहेब ? और मान ? नाई के घर जनमे पूत का मान कैसा और अपमान कैसा ? आप चिन्ता मत कीजिए...बस...

रामानन्द : आमडाढ़ीवाली का श्राद्ध बीतने के...

भिखारी : हाँ, बीत जाए सब, फिर निकलेंगे।

(भिखारी और रामानन्द सिंह बाहर निकल जाते हैं। प्रकाश सिमटता है और पुनः दीप्त होता है। दाढ़ी बनाने का सामान—छुरा, कैंची, कटोरी आदि सहेजते हुए भिखारी दिखते हैं। एक पोटली में बाँधकर लाठी में टाँगते हैं और उसे कन्धे पर लेकर घर से निकल रहे हैं। नेपथ्य से गायन स्वर आरम्भ होता है और चलता रहता है। शिवकली और दलसिंगार खड़े हैं। भिखारी उनके पास

आते हैं। और शिवकली के पाँव छूते हैं। दलसिंगार की तरफ बढ़ते हैं, पर वे मुड़कर बाहर निकल जाते हैं। बहोर के पास आते हैं। बहोर कुछ दूर तक उनका साथ देते हैं। भिखारी बाहर निकल जाते हैं।)

नेपथ्य-स्वर : *मन तकली जस नाचे*
दुख का धागा काते।
अकुलाए मनवा पागल
अजब समय की घातें।
छोड़ कुतुबपुर चले भिखारी
काँपें रिश्ते-नाते।

(भिखारी के जाते ही शिवकली देवी रोने लगती हैं। बहोर उनके पास आते हैं। दलसिंगार भी लौट आते हैं।)

दलसिंगार : बन्द करो रोना-धोना। जो आदमी सारी जिनगी अपनी मनमर्जी करता रहा, वो तुम्हारे विलाप करने से नहीं लौटने वाला।

शिवकली : पतोहू गई...पोता नहीं रहा...बेटा घर छोड़ दिया। हमसे बड़ा अभागा कौन होगा कि ना रोएँ। रोने से भी गए हम ?

दलसिंगार : बेटे को भी जिनगी से गया मानकर विलाप कर लो। जितना जी चाहे, आज रो लो। पर एक बात याद रखना कि आज के बाद अपने दुलरुवा बेटे के लिए कभी मत रोना। हमारे सामने तो एकदम नहीं।

बहोर : बाबू।

दलसिंगार : *(बहोर को अनसुना करते हुए।)* सिरफ उसकी जनाना मरी थी...कि हमारी भी कुछ लगती थी ?...बेटा था उसका, तो हमारा पोता भी तो था। कितना बड़ा दुख है उसका कि कुतुबपुर में अँट नहीं पा रहा है ?...अच्छा हुआ, चला गया।

बहोर : बाबू, तुम बेकार गरज रहे हो। जिसकी औरत चली जाए और गोद का दुधमुँहा उठ जाए, उसकी मति थिर रहेगी भला ?

दलसिंगार : तुम समझोगे उसकी मति ? ना। तुम नहीं समझ सकते। हम खूब समझते हैं उसको। उसकी सारी लीला का भेद मालूम है हमको।

(रामानन्द सिंह प्रवेश करते हैं।)

रामानन्द : का हुआ जी दलसिंगार ठाकुर ?

दलसिंगार : *(दोनों हाथ जोड़ते हुए।)* परनाम बाबूसाहेब।

रामानन्द : गमी के घर में झगड़ा-झंझट अच्छा नहीं लगता है। का जी बहोर, बुढ़ऊ का ध्यान रखो।

दलसिंगार : कसूर माफ हो बाबूसाहेब। एक बात पूछें ?

रामानन्द : पूछो। कसूर माफ की कवन बात।

दलसिंगार : रामजी को छोड़कर लछुमन अकेले चले गए वनवास ? आपका चरन छुए बिना अजोध्याजी से बाहर निकल गए ?

रामानन्द : देखो दलसिंगार ठाकुर, घर में बूढ़-पुरनिया का धरम है कि भूल-चूक माफ करे। बखत पड़ने पर कभी-कभी नजर फेर ले। सब जानते-बूझते हुए भी अनजान बन जाए। भिखारी गोद के बालक ना हैं कि हम, चाहे तुम, उनके पीछे-पीछे भागें।

दलसिंगार : हम भी तो यही कह रहे हैं बाबूसाहेब कि जिसके कलेजे में बूढ़े बाप-महतारी के लिए मोह-ममता ना है, उसके लिए छाती पीट-पीटकर रोने से कवन लाभ ?

रामानन्द : बे-मतलब अपना जी हलकान कर रहे हो। भिखारी ना तो कहीं डूब-धँसकर मरने गए हैं और ना ही अँगरेज बहादुर के पलटन में भरती होने।

बहोर : आपसे भेंट हुई ?

रामानन्द : हूँ। आए थे हमारे पास। हमसे मिलकर गए। मन उचाट हो गया था इस जगह से। आखिर कितना सहे कोई !

दलसिंगार : हम सह रहे हैं कि ना ? उमिर है हमारी इतना सहने की ? बोलिए ? हम भी गाँव-घर-परिवार छोड़कर चल दें, तब ?

रामानन्द : ए ठाकुर, अरे हम तो नहीं गए। हम तो हैं तुम्हारे पास। समझो, राम को अजोध्या में रखकर लछुमन गए वनवास। भरोसा रखो हमारे ऊपर। जजमानी देखने के लिए बहोर हैं। कवन दस-बीस बीघे की खेती है कि परती रह जाएगी ?

दलसिंगार : ठीक है। अब जो भोलेबाबा की मरजी। हमको तो सब सहना है। जब तक देह है,...सब सहना है। *(दोनों हाथ जोड़ते हैं।)*

रामानन्द : चलो जी बहोर। इधर आओ।...तुमसे कुछ बतकही है।

(बहोर को साथ लेकर रामानन्द प्रस्थान करते हैं। दलसिंगार धीमे कदमों से चलते हुए शिवकली के पास आते हैं।)

दलसिंगार : उठो अब। जाओ। पंछी था। उड़ गया। सिरफ उड़ते पंछी को पता होता है कि उसे जाना कहँवा है।...हम समझते हैं तुम्हारे मन का हाल।

(प्रकाश मद्धिम होकर दोनों पर केन्द्रित होता है। शिवकली फिर रोने लगती हैं। दलसिंगार उनके सिर पर हाथ रखते हैं। नेपथ्य से गायन स्वर उभरता है।)

नेपथ्य-स्वर : *उड़ि चला पंछी, यहाँ नहीं रहना,*
दूर देश अब जाकर बसना।
यहाँ नहीं रहना।
चुप रहना और ना कुछ कहना

आनी-बानी कब तक सहना ?
यहाँ नहीं रहना।

(प्रकाश सिमटता है। मंच के दूसरे भाग में प्रकाश। फतनपुर में भिखारी की झोंपड़ी का दृश्य।)

पारस चौधरी : भिखारी भाई ! ए भिखारी भाई !

रामदेव बिन्द : अरे निकलो जी। किरिन डूबते कोहबर पकड़ लिये का जी ?

भिखारी : *(निकलते हुए।)* आ रहे हैं भाई,...आ रहे हैं।...अरे ! परमा भाई !...का हालचाल है भाई ?

रामदेव बिन्द : हमहुँ हैं।

भिखारी : तुम्हारी बोली-बानी तो सौ कोस दूर से पहचान लें हम।

रामदेव बिन्द : पारस भाई बोले कि चलो भिखारी के दुआर पर। अब आए, तो देख रहे हैं कि तुम कोहबर में घुसे हो।

भिखारी : हमारे कोहबर में घुसने से तुमको डाह हो रही है ?

पारस चौधरी : ना भाई। डाह कवन बात की ? हम तो बोले कि अपने गाँव के लिए मान-मरजाद की बात है कि दूसरे गाँव से आकर भिखारी रच-बस गए।

भिखारी : सब लोगों का सहजोग है। बिना सहजोग के थोड़े होता।...तुम लँगड़ा रहे हो। बात का है ?

पारस चौधरी : अब का बतावें ! इसी कारन तो आए थे।

भिखारी : का हुआ भाई ?

रामदेव बिन्द : अरे बताओ। अब कनिया-बहुरिया माफिक लजाओ मत। पाप का फल संगी-साथी से ना छुपता है।

पारस चौधरी : अरे रमदेवा ! तुम बहुत लबर-लबर करते रहता है। तब से पीछे पड़ा हुआ है।

भिखारी : ए रामदेव भाई, चुप रहो जी।

रामदेव बिन्द : चुप का रहें ? हमको सब मालूम है। हम हैं मल्लाह। पाँक में हाथ घुसाकर मछरी पकड़ लेते हैं। अब चौधरी पकड़ा गए हैं, तो छटपटा रहे हैं।

पारस चौधरी : हम कवन पाप किए हैं कि पकड़ा गए हैं जी ? बोलो।

रामदेव बिन्द : ए भिखारी भाई, तुम्हीं बोलो, बालतोड़ घाव बिना पाप किए होता है जी ?

भिखारी : धत्त मरदे ! हम समझे कवनो बात है। तुम तो खाली बात बनाते रहते हो।...बात जैसी बात ना और रात भर लीला। *(पारस से)* कहँवा है जी ?

पारस चौधरी : जाँघ में है भाई।

रामदेव बिन्द : हम बोले कि चलो भिखारी के पास। नरहनी लगवा लो, सब मवाद बह जाएगा।

भिखारी : जान लोगे का जी ? हम कवनो वैद-हकीम हैं का ? चौधरी भाई, भोरे-भिनसारे उठकर चले जाओ वैदजी के पास। दवाई ले लो। रामदेव के फेरा में मत पड़ो। इनके फेरा में पड़े तो...

रामदेव बिन्द : तुम हमारे फेरा में पड़े तो आज कवनो दुख-तकलीफ है का ?

भिखारी : ना। सो तो है। कवनो दुख ना है। तुम ना होते रामदेव, तो हम फतनपुर ना आते। तुम जब मिलते थे, कहते, चलो फतनपुर।...वहीं रहो।...का रखा है कुतुबपुर में ? आए, तो झोंपड़ी डालने के लिए तुमने जमीन दिया,... बाँस,...खर... सबका इन्तजाम किया।

रामदेव बिन्द : गलत तो ना बोलते थे। जानते हो पारस भाई, कुतुबपुर बड़का जात का गाँव है, पर आमदनी ना है। मान-मरजाद ना है। बेरा-कुबेरा लोग छाती पर सवार रहेंगे। खटते रहो

बेगार। ऊपर से सहो बोली-ठोली।

पारस : चलो अच्छा हुआ, आ गए। धीरे-धीरे बढ़न्ती ही होगी। घटेगा तो नहीं।...बाप रे !

रामदेव बिन्द : का हुआ जी ?

पारस चौधरी : टीस रहा है।

रामदेव बिन्द : सहो। कवन अहीर हो जी ? सुने हैं कि भर-भर बाल्टी दूध पीते हो। घाव का दरद नहीं सह सकते ?

भिखारी : दरद सहना आसान काम ना है रामदेव। कठिन काम है मेरे भाई। जो सहता है, वही बूझ सकता है दरद की तासीर।

पारस चौधरी : जाने चिलम जा पर चढ़े अँगार।

रामदेव बिन्द : *(भिखारी से)* अब तुमको कवन दरद हो गया जी कि उदास होकर बतियाने लगे ?

भिखारी : ना, कवनो दरद ना है।

रामदेव बिन्द : झूठ बोल रहे हो तुम। बात का है ?

भिखारी : रामदेव !

रामदेव बिन्द : बोलो। बोलो तो सही।

भिखारी : रामदेव भाई ! अब हम गाँव लौटेंगे।...कुतुबपुर।

रामदेव बिन्द : काहे जी ? कवन अपराध हो गया फतनपुर से कि कुतुबपुर लौटोगे ?

भिखारी : कवनो अपराध ना हुआ है।...बस,...ऐसे ही। अब हम लौट जाएँगे। कुतुबपुर बुला रहा है।...हमारे लिए सबकुछ है फतनपुर में, पर कुतुबपुर ना है।...नाराज मत होना रामदेव। हम तुम्हारे और फतनपुर के नेह-छोह के बोझ से दबे हैं। सब भूल सकते हैं, पर फतनपुर को ना भूल सकते।

समझना हमारे मन के भीतर का दरद। जिस फतनपुर ने सहारा दिया, उसको छोड़ने का दरद तो होगा।...समझना रामदेव !

रामदेव बिन्द : बहुत निरमोही हो।

पारस चौधरी : कब जाओगे ?

भिखारी : दिन तय ना किए हैं।...पर जल्दी ही जाएँगे।

पारस चौधरी : चलो जी रामदेव। कहाँ तो आए थे कि भिखारी हमारे घाव का दरद हरेंगे...और कहाँ उल्टे बिछुड़ने का दरद दे दिए भिखारी। चलो।

भिखारी : नाराज हो गए ?

पारस चौधरी : ना भाई। चलें, अब रात हो चुकी है।...पर चुप-चोरी मत निकल जाना। जाने का दिन तय करना, तो पहिले बता देना।

(रामदेव बिन्द को मानो काठ मार गया हो। भिखारी स्नेह के साथ रामदेव के काँधे पर हाथ रखते हैं। पारस और रामदेव बाहर निकल जाते हैं। नेपथ्य से गायन-स्वर गूँजता है। मंच पर मनतुरनी हैं।)

नेपथ्य-स्वर : *सासु न गोतिन, नाँहिं ननदिया,*
गाँव पराया ले आए गवना,
यहाँ नहीं रहना।
कुतुबपुर ले चलो हो मोरे सजना
यहाँ नहीं रहना।
सासु का अँगना, ससुरजी की गलियाँ,
गोद में होरिला, माथे मोटरिया,
पिया, घर ले चलो यहाँ नहीं रहना,
कुतुबपुर ले चलो हो मोरे सजना
यहाँ नहीं रहना।

(मनतुरनी गायन की समाप्ति के साथ बाहर चली जाती हैं। कुतुबपुर में भिखारी ठाकुर के दरवाज़े का दृश्य। बहोर प्रवेश करते हैं। उनके सिर पर पेटी है। दलसिंगार ठाकुर खाट पर बैठे हैं।)

बहोर : ए बाबू ! बाबू हो ! माई ! भइया आए, भइया। भौजी भी है।

दलसिंगार : का है जी ?

बहोर : अरे देखो कवन आया ! भइया-भौजी आए।

दलसिंगार : कवन है जी ?

बहोर : बड़का भइया आए जी,...भिखारी भइया।

(भिखारी पत्नी और बच्चों—एक लड़की और एक लड़का) के साथ प्रवेश करते हैं।)

बहोर : माई !...माई ! देख भइया।

(शिवकली बाहर निकलती हैं। पतोहू को लेकर भीतर चली जाती हैं और फिर भीतर से गोद में नन्हे शिशु को लिये बाहर निकलती हैं। शिवकली बच्चे को खाट पर बैठे दलसिंगार की गोद में डाल देती हैं।)

शिवकली : चौबीसों घंटे अपने करम को कोसते थे। हमारे बेटा से मुँह फुलाए रहते थे। रार ताने फिरते थे। अब खेलाइए पोता-पोती। घर भर गया। अकेले गए थे बबुआ, और लौटे हैं भरे-पूरे,...पतोहू-पोता-पोती सब लेकर।

दलसिंगार : हमहीं रात-दिन छाती कूटते थे ? भर-भर आँख लोर लेकर घर-बाहर पगली जैसा हम नहीं बौराए फिरते थे।...बेटा के बिछोह में बुक्का फाड़कर कवन रोते फिरता था ?

शिवकली : माई का जियरा गाय जैसा, बाप का जियरा कसाई जैसा।

दलसिंगार : बात मत बदलो। बाप नहीं, बेटा का जियरा कसाई जैसा।

शिवकली : देखिए तो बचवा कैसे मुलुर-मुलुर ताक रहा है।

बहोर : बिहँसियो रहा है।

(शिवकली बच्चे को लेकर भीतर चली जाती हैं। पीतल की थाली, लोटा में पानी लिये आती हैं। बहोर दूसरे खाट बिछाते हैं। भिखारी बैठते हैं। शिवकली उनके पाँव पखारती हैं।)

बहोर : गोड़ धोवते रह जाओगी माई। पंछी फिर उड़ जाएगा फतनपुर।

शिवकली : कब तक उड़ते रहेगा पंछी। कभी तो लौट के आएगा अपने खोंते में। अब तो बेड़ी-हथकड़ी भी लग गई है।

बहोर : जबर पंछी है। गौरैया ना है। बेड़ी-हथकड़ी सहित उड़ जाएगा।

भिखारी : बहुत नाराज हो बहोर ?

बहोर : ना भइया,...ना। नाराजगी की कवनो बात ना है। बस तुम्हारे बिना गाँव-घर सब सूना लगता है। तुम गए अपने मन से, पर गाँव-जवार तो समझता है, कवनो मनमुटाव हुआ होगा।...अब छोड़ो फतनपुर भइया।

भिखारी : छोड़ दिए बहोर। लौट आए फतनपुर से।

बहोर : साँच ?

भिखारी : हूँ। साँच। तुम्हारी भौजी का मन वहाँ से उचाट हो गया।

बहोर : और तुम्हारा मन ?

भिखारी : हमारे मन की चिन्ता छोड़ो। मत पूछो। मन नहीं रहता, तो घर-गिरहस्थी माथा पर लादकर लौटते भला ?

दलसिंगार : का जी बहोर, खाली बतकुच्चन होगा ? भूखासल-पियासल होगा सब...पहिले कुछ जलखई का इन्तजाम करो बाबू।

(दलसिंगार उठकर चल देते हैं। भिखारी से कोई संवाद नहीं करते। शिवकली भी भीतर चली जाती हैं। बहोर खड़े हैं। रामानन्द सिंह प्रवेश करते हैं।)

रामानन्द : आ गए ? कब आए ?

(रामानन्द सिंह को देखकर दोनों हाथ जोड़े भिखारी उनकी ओर दौड़ते हैं। रामानन्द उन्हें बाँहों में भर लेते हैं।)

भिखारी : बस पहुँचे ही हैं।

रामानन्द : आँखें तरस गई थीं तुम्हारे लिए।

भिखारी : बाबूसाहेब ! मेरा तो परान तरस रहा है। आपके बिना तो मेरी जिनगी कछार की रेत है।

रामानन्द : इसी रेत में तरबूज की फसल होती है भिखारी। लाल... मीठ...रस से भरा गूदा वाला तरबूज। जेठ-बैशाख में आत्मा तर हो जाती हैं। खाकर लगता है, जुगन-जुगन की तृषा बुझानी। कब तक हो ?

बहोर : भौजी और बाल-बच्चा सबको साथ लाए हैं।

रामानन्द : अच्छा किए हो...गए अकेले और लौटे भरे-पूरे।

बहोर : अब भइया कुतुबपुर में ही रहेंगे।

रामानन्द : हमारे मन का काम किए हो भिखारी। अपनी धरती छोड़कर जीना भी कवनो जीना है। अपनी धरती का भी तो रिन होता है। सबका गुजर-बसर तो हो ही रहा है। जैसे सबका, वैसे हमारा-तुम्हारा। एक बेटे की कमी थी, सो भगवान पूरा कर दिए।

भिखारी : पर बाबूसाहेब, बिना देस-परदेस घूमे आँख ना खुलती है। कुआँ के बेंग माफिक रह जाता है आदमी।...फिर इतना बड़ा परिवार। ना कवनो खेती-बाड़ी, ना कवनो रोजगार ! दाढ़ी-बाल, नेग-चार से एतराज ना है हमको, पर कदर ना है इस पेशा में।...कुतुबपुर से ज्यादा मान-मरजाद था वहाँ। कवनो बात की तकलीफ ना थी। सब मिला वहाँ। जनाना...बाल-बच्चा,...सब मिला। ना-नुकुर करते रहे, पर लोग जबरन फिर से माया-मोह के बन्धन में बाँध दिए।...लाज लग रही थी तिबारा दुल्हा बनते।...डर लगा रहता है कि मेरे करम में...बियाह करना...और उस औरत को अपने ही हाथ से फूँक-ताप जाना लिखा हुआ है।

रामानन्द : तुम बे-मतलब भी सोचते रहते हो।

भिखारी : एक दुख हो तो कहें बाबूसाहेब। कवन-कवन बात कहें...और का करें इस पगली बयार का, जो हर पहर,...हर घड़ी,... पल-छिन हमारे भीतर बहती रहती है,...हिलकोरती रहती है हमको...?

रामानन्द : हम जानते हैं भिखारी। पूरा ना तो थोड़ा-थोड़ा तो जरूर जानते-बूझते हैं तुमको,...तुम्हारे मन को। ये पगली हवा ही तुम्हारी जिनगी का रथ है। इसी पर सवार होना है। इसी पर सवार होकर जग से, समाज से अपना हक वसूलना है।

भिखारी : बहुत कठिन है बाबूसाहेब।

रामानन्द : हूँ, कठिन तो है। हम जानते हैं। हाँ भिखारी, हम राजपूत हैं, पर नान्ह जात में जनम लेकर जीने का दरद समझते हैं।

भिखारी : ये दरद जीने नहीं देता,...कलेजे में बमगोले की तरह फटता रहता है। भीतर ही भीतर चिथड़ा कर देता है।

रामानन्द : इस दरद को सहेजो अपने भीतर।

भिखारी : अपने हाथ से अपना चिथड़ा सहेजना बहुत कठिन है।

रामानन्द : पर सहेजना तो होगा। सहेजो। इसी दरद से बल-बूता अरजन करो मेरे भाई लोग डर और स्वारथ से झुकते हैं, पर तुम झुकते हो नेह से। जानते हैं हम। विनय का मतलब रिरियाना ना है मेरे भाई। सूरदास मत बनो। विनय तुम्हारा धरम है और तुम्हारा बल-बूता भी। समझो इस बात को।

भिखारी : और आप ?

रामानन्द : हम तुमसे अलग हैं ? हम साथ हैं तुम्हारे। संगतिया का धरम साथ रहना होता है,...हर हाल में साथ। हम तो संगतिया हैं तुम्हारे।

भिखारी : रामजी ! रामजी हैं आप मेरे।

रामानन्द : मत कहो रामजी। लोग ताना मारते हैं। तुम गए, तो दलसिंगार ठाकुर भी बोले कि रामजी को छोड़कर लछुमन वनवास चले गए।

(रामानन्द हँसते हैं। भिखारी के चेहरे पर भी फीकी हँसी आती है।)

भिखारी : बाबू बहुत अटर-पटर बोले होंगे।

रामानन्द : अरे ना मरदे ! बूढ़-पुरनिया आदमी तो कुछ-न-कुछ बोलते ही रहता है। चलें अब। तुम थके-हारे होगे। आराम करो। फिर भेंट होगी।

(भिखारी दोनों हाथ जोड़ते हैं। रामानन्द सिंह प्रस्थान करते हैं। प्रकाश सिमटता है। मंच का दूसरा भाग दीप्त होता है। भिखारी ठाकुर पत्नी के साथ बैठे हैं। दीपक जल रहा है।)

मनतुरनी : तुम तो कुतुबपुर आकर परदेसी हो गए। दीया का तेल-बाती सब जल जाता है तुम्हारी राह निहारते-निहारते, पर तुम...।

भिखारी : का करें ! बाप-भाई सब दुआर पर...और आँगन में माई—छोटे भाई की जनाना। सबकी छाती पर पाँव रखकर पार कर जाएँ ?

मनतुरनी : ना। हम ऐसा ना कहते हैं।...उड़ के आओ। माई कहती हैं कि पंछी है मेरा बबुआ। पंछी हो और उड़ नहीं सकते ? कैसे पंछी हो जी ?

भिखारी : बिना पाँख वाले पंछी हैं हम। जब-जब उड़ते हैं, कोई-ना-कोई मरोड़ देता है पाँख। नोच ले जाता है।

मनतुरनी : हम तो कभी ना नोचे हैं तुम्हारा पाँख।

भिखारी : तुमको नहीं कह रहे हैं।

मनतुरनी : दूसरे की हम का जानें ! हमको दूसरे से कवनो गरज ना है। हम तो बस अपनी बात जानते हैं कि जब से आए हैं कुतुबपुर, तुम्हारी राह देखते-देखते पियरा गए हैं। एक तो आते नहीं, दूसरे आते भी हो तो चोरी के मरद जैसे। लगता ही ना है कि अपनी बियाहता के पास आए हो। तुम्हारा कलेजा काँपता रहता है कि कवनो आदमी देख ना ले। लगता है, दूसरे की जनाना के घर में घुसे हो।

भिखारी : अब जिस घर में सास-ससुर हों,...भरा-पूरा परिवार हो...वहाँ अपनी मन-मरजी तो ना चलेगी। सबको देखना पड़ता है।

मनतुरनी : सबको देखो, और हमको छोड़ दो। दिन-भर गाय-गोरू को देखें,...घर-बाहर का काम करें,...घर-घर जाकर नोह काटें...गोड़ रँगें...और रात-रात-भर दिया जलाकर तुम्हारी राह निहारें।

भिखारी : लगता है कि कवनो आदमी तुम्हारी मति फेर दिया है। कवन हवा-बतास के फेर में पड़ गईं तुम ? ओझा-गुनी बुलाना पड़ेगा का जी ? बबुआन टोला गई थीं ?

मनतुरनी : हूँ। गई थी तुम्हारे संगतिया के घर। बबुआइन का नोह काटना था,...गोड़ रँगना था। पूछ रही थीं तुम्हारे बारे में।

भिखारी : मेरे बारे में।

मनतुरनी : हूँ। पूछ रही थीं कि...तो हम बोल दिए कि जब से कुतुबपुर आए हैं, बदल गए हैं।

भिखारी : औरत सब भी आपस में बहुत फालतू बतियाती हैं।

मनतुरनी : बहिना के बारे में बता रही थीं...

भिखारी : आमडाढ़ीवाली के बारे में ?

मनतुरनी : हूँ। बोल रही थीं कि बहुत सिंगार करती थी बहिना।...बहुत सुन्नर थी। एकदम गोर...ललकी गोराई थी। माथ बान्ह के, टिकुली साट के चलती थी पानी भरने, तो हवा-बयार तक थम जाती थी।

भिखारी : आमडाढ़ीवाली की बात मत करो। कवनो दूसरी बात ना है करने के लिए ?

मनतुरनी : अब हम समझ गए हैं कि तुम कवने कारन बियाह के लिए राजी नहीं थे। खाली औलाद पैदा करने के लिए हमसे बियाह किए तुम। है न साँच बात ?

भिखारी : आज तुम्हारा माथा खराब कर दिया है बबुआइन ने। झगड़ा करते रहोगी, तो भोर हो जाएगी। पंछी उड़ जाएगा।

मनतुरनी : वाह रे मरद ! जाने के लिए उड़ना आता है और आने के बखत भूल जाते हो ? उड़ कैसे जाओगे ! हमको भी आता है पंछी के पाँख में लासा लगाना।...बोलो ! तुम सिरफ औलाद के लिए हमसे बियाह किए ? का समझते हो औरत को ? जाँता ? अनाज डाल दिया और पीसकर आटा-सत्तू निकाल लिया ! शिलानाथ के बाबू, औरत सिरफ फूला हुआ पेट ना होती है। समझे ? बेटा...बेटा...बेटा...! बेटा के

लिए विलाप करते रहे तुम। बेटी हुई हमको, तो अनाज नहीं छूते थे। कौर नहीं उठाते थे। बेटी हुई तो कैसा उछाह था हमारे मन में। पहिली सन्तान पाकर किसका कलेजा उछाह से नहीं भरेगा ! एक तुम थे कि माहुर जैसा मुँह बनाए बैठे रहते थे। मानो विपत गिरी हो माथ पर। बेटा जनना औरत के हाथ में ना होता है। हमारा कौन दोख था ? बिना बेटी जने भी औरत का धरम अधूरा रहता है।...ऐसे ही किए थे हमारे बाप भी। उनके मन में भी बेटे की साध थी और हम जनम गए। नाम रख दिया मनतुरनी। नहीं सोचे कि जब सयानी होगी,...बात समझने-बूझने लगेगी, और जब-जब अपना नाम सुनेगी, तो का बीतेगा इसके मन पर। मनतुरनी...! हुँह ! शिलानाथ के बाबू, औरत बनकर देखो, तब पता चलेगा दुख और सुख का भेद,...दुख और दुख का भेद। मरद बनकर दुनिया का पूरा भेद नहीं जान सकते। अगर हमारी बात पर भरोसा ना है तो जाकर पूछ लेना कमला बबुनी से।

भिखारी : तुमको कमला बबुनी के बारे में कवन बताया ?

मनतुरनी : इससे का गरज कि कवन बताया ?...और इससे फरक का पड़ता है ?

भिखारी : उनका नाम मत लो।

मनतुरनी : हम आनी-बानी ना बोल रहे हैं। उनकी जिनगी के बारे में सुनकर हमारा तो कलेजा फट गया। खाली फटकर रह जाता कलेजा तो चैन मिलता, पर हमारे कलेजे में तो आग लग गई है।

भिखारी : मनतुरनी !

मनतुरनी : मत पुकारो हमको मनतुरनी। तुम भी हमको इसीलिए मनतुरनी पुकारते हो न कि तुम्हारा मन भी सोनिया के जनम

से टूट गया था ?

भिखारी : *(पास जाते हैं। सिर पर स्नेह से हाथ रखते हैं।)* ना ! इसलिए नहीं बुलाते मनतुरनी।...छोड़ो इस बात को। घाव जब पक जाए तो मवाद निकल जाना अच्छा रहता है। आराम मिलता है। अच्छा ही हुआ कि तुम्हारे मन के घाव का मवाद निकल गया।

मनतुरनी : ना शिलानाथ के बाबू, ना। इस घाव की तासीर गजब है। चलनी के छेद जैसे मुँह वाला घाव है यह । एक सूखता है, तो दूसरा खुल जाता है।...हरियर का हरियर बना रहता है हरदम।

भिखारी : हम बूझते हैं तुम्हारा दुख।...अच्छा बोलो, तुमको कवन नाम से बुलाएँ ?

मनतुरनी : तुम खाक बूझोगे ! बूझते, तो नाम पूछते ! जाने दो। जो जी में आए,...वही नाम रख लो। मनतुरनी कहो, चाहे मनजोड़नी। अब हम तो बदलने से रहे।

भिखारी : मानपुरवाली पुकारेंगे।

मनतुरनी : तुम्हारी मरजी।

भिखारी : भोर हो रही है।

मनतुरनी : तुम्हारे लिए हो रही होगी। हमारे लिए तो अभी अधरतिया है।...

(मनतुरनी भिखारी के वक्ष से लग जाती हैं। एक हाथ से उन्हें बाँधती हैं और दूसरे हाथ से दीपक की बाती बुझा देती हैं। मंच पर अँधेरा हो जाता है। मंच का दूसरा भाग दीप्त होता है। गाँव का सार्वजनिक स्थल। एक वृक्ष के नीचे रामानन्द सिंह और भिखारी बैठे हैं। रामानन्द सिंह गाते हुए भिखारी के साथ चुहल कर रहे हैं।)

रामानन्द : *हो मोरे पियउ हेरइलन पलँगे पर*
हो मोरी मुँदरी हेराइल पलँगे पर
हीरा हेराइल मोर,
झुलनी हेराइल
हो मोरी सौतन लुभाइल पलँगे पर
हो मोरे पियउ हेरइलन पलँगे पर

भिखारी : *(हँसते हुए।)* बाबूसाहेब, का बात है ? आज तो आप...

रामानन्द : हम नहीं गा सकते हैं का ? भिखारी ! साँच-साँच बोलो, कवने कारन सता रहे हो हमारी भौजी को ?

भिखारी : हम ?...हम सता रहे हैं ? हम किसी को सता सकते हैं भला !

रामानन्द : आमडाढ़ीवाली होती, तो उसको बीच राह में रोकक़र पूछ लेते। पर तुम ये मत समझना कि मानपुरवाली तक हमारी पहुँच ना है। बहुत बदनामी हो रही है तुम्हारी। सुने हैं कि जब से फतनपुर से लौटे हो रात दुआर पर ही गुजार देते हो। साँच बात है का जी ?

भिखारी : अब आप भी बाबूसाहेब। औरत सब के पेट में पानी भी ना पचता है। मानपुरवाली गई थी आपके घर। सब किस्सा मालूम है हमको।

रामानन्द : हूँ , कह रही थीं बबुआइन कि आपके संगतिया तो बदल गए हैं। औरत चल्हवा मछरी जैसी छटपट करती रहती है और...

भिखारी : कल की बात और आज की बात में बहुत फरक होता है बाबूसाहेब। पल-छिन में दुनिया बदल जाती है।

रामानन्द : सो तो है। पर ध्यान रखो भाई। कोई कुछ भी कर ले,...कह ले,...पर गाँव की जनाना सब का मुँह-पेट एक होता है।

अब देखो, बात हम तक पहुँच गई। और इसको खाली बात मत बूझो। उलाहना है।

(सरूप महतो और गोरख यादव प्रवेश करते हैं।)

दोनों : परनाम बाबूसाहेब !

रामानन्द : परनाम...परनाम...।

सरूप : तो रामजी और लछुमनजी की जोड़ी जमी है ! आप दोनों को साथ-साथ बोलते-बतियाते देखकर लगता है कि सहोदर भाई बैठे हैं।

भिखारी : काका परनाम।

सरूप : जीओ बबुआ, खूब जीओ।

गोरख : ए भिखारी, दलसिंगार ठाकुर कवने कारन तुम पर गरम रहते हैं जी ?

भिखारी : का हुआ ?

गोरख : हुआ का...तुमको खोजते हुए गए। पूछे कि भिखारी कहँवा हैं ?...बस इतना पूछना था कि...

भिखारी : कुछ अटर-पटर बोल दिए का ?

गोरख : ना...बुढ़ऊ हैं तो बहुत महीन। साधकर बोलते हैं।...एकदम नरम आवाज में।...पर बात गिरती है लोहार के हथौड़ा माफिक। कलेजा धँस जाता है मरदे।

सरूप : दलसिंगार ठाकुर ही तो बोले कि, होंगे अपने रामजी के पास। रामजी-लछुमनजी की जोड़ी जमी होगी...बैठकी चल रही होगी।

रामानन्द : *(हँसते हुए।)* तुम्हारे बुढ़ऊ भी सुर पकड़ लेते हैं तो...

(मिसिरजी और एक युवा साथ-साथ प्रवेश करते हैं।)

मिसिरजी : ए भिखारी ! बहोर लौटा जी ?

भिखारी : भोर तक तो ना लौटा था। उसके बाद का हमको नहीं मालूम।

मिसिरजी : बहोरवा की आदत बहुत खराब है। हितई-पहुनई कहीं जाता है, तो जाकर सती हो जाता है। हमारा परान अटका हुआ है।

रामानन्द : परान काहे अटका हुआ है काका ?

मिसिरजी : अरे भाई, छोटकी बबुनी की सुसराल विदाई का दिन लेकर भेजे हैं। हाजीपुर के पास...लालगंज। लौटे तब तो पता चले कि...

रामानन्द : पता का चलना है ?

मिसिरजी : मानो कि नकार दिया ! तब ? उसका ससुर बहुत हरामी है ! पछिमाहा पंडित है सब,...बसा हुआ है लालगंज में।

सरूप : बहुत दूर है पंडितजी।

गोरख : सोनपुर मेला में थेटर देख रहा होगा। लालगंज के रास्ते में पड़ता है।

रामानन्द : तुम भी बकलोल हो जी। जेठ-आषाढ़ में सोनपुर का मेला लगता है कि थेटर देखेगा।

गोरख : पंडितजी के समधियाना गया है। इनके समधी मातबर आदमी हैं। बैठके दूध-दही चाभ रहा होगा।

सरूप : अब कोई का चाभेगा और कोई चभवाएगा ! जब मालिकान की हालत अपने खराब है, तो पउनी-परजा को कवन पूछता है ! बड़े-बड़े मातबर लोगों की हवा बिगड़ गई है।

मिसिरजी : का जी रामानन्द बाबू ! सुने कि जमीन का लगान सीधे तिगुना हो गया।

रामानन्द : सुनना का है ? जाकर पूछिए रामसुभीत सिंह से। औरत का गहना बेचकर पैसा जमा किए हैं । बीस साल पहले के सर्वे में जमीन कास्तकारी हुआ था। मालिक का लिखा हुआ पट्टा है पास में।...मार दिया पलटी मालिक। पटवारी कायथ है। सुभीत बाबू का अँतड़ी दूह दिया। कह रहा था, नया बन्दोबस्ती करेंगे।...औरत का गहना बेचकर लगान भरे।

गोरख : बबुआन हैं, तो सोना-चानी का गहना था। बेचकर धरती बचा लिये। जिसके पास ना है, उसका कवन हाल होगा ?

सरूप : बचाकर का करेगा कोई ? चारों ओर तो आग लगी है। धरती में दरार पड़ रही है। फाट रही है धरती। इतनी उमिर हो गई, पर ऐसा सूखा हम ना देखे थे।

रामानन्द : इसी को करम का फेर कहते हैं। बदनसीबी ! गंगाजी-सरयूजी—सबके रहते माटी में आग लगी है।

गोरख : हर जगह एक हाल है। खलपुरा...डोरीगंज...कुल छपरा जिला,...आरा जिला...कहीं, कवनो जगह एक बूँद पानी नहीं है।

युवा : का बात बतियाते हो जी ? आरा...छपरा ! अरे पूरा देस-दुनिया में हाहाकार है। बंगाला...असाम...जहाँ तक जाओ...सूखा है।

गोरख : हम तो सुने हैं कि सीवान-गोपालगंज से आगे तक बड़ जात के लोग़ मूस पकाकर खा रहे हैं।

मिसिरजी : ए चोप्प ! खाली मनबढ़ बात करता है।

युवा : चार लाठी लगेगा, तो सब मनबढ़पन घुसर जाएगा।

गोरख : जमीन का लगान कवन कारन से बढ़ रहा है ?

रामानन्द : बढ़ रहा है ! अरे बढ़ गया बाबू।

युवा : अँगरेज सब से पूछो। भारी लड़ाई चल रही है। अँगरेजवा सब मिलकर कवनो दूसरे मुलुक से अझुरा गया है। चौतरफा मार-काट मची हुई है। इसलिए पैसा वसूल रहा है।

गोरख : लड़ाई में पैसा का का होगा भाई ? तोप-तलवार चाहिए कि रुपिया ?

युवा : तोप-तलवार मँगनी में आता है ? पलटन को पेट नहीं होता का ? पगार देने के लिए, सर-सरजाम के लिए रुपिया चाहिए कि ना ?

गोरख : अच्छा एक बात बताइए...खाली अँगरेजवा सब ही लड़ सकता है ? हमलोग ना लड़ सकते हैं ?

युवा : जाओ, जाकर पलटन में भरती हो जाओ।

गोरख : ना भाई , हम पूछते है कि हमलोग अँगरेजवा सब से नहीं लड़ सकते ? अँगरेजवा सब साले-साल लगान बढ़ा रहा है, तो एक बार लड़के गरदा झाड़ दिया जाए।

सरूप : लड़नेवाला लड़ता ही है। बाबू कुँवर सिंह ना लड़े...बाबू कुँवर सिंह तेगवा बहादुर के बँगला में उड़ेला अबीर हो...आहे बाबू।

मिसिरजी : लड़ाई के बीच में फगुआ गाने लगे।

युवा : बड़का लड़ाकू बने हो ? चिरई का कलेजा लेकर अँगरेज से लड़ोगे। देख लोगे गोरका सबको, तो खड़े-खड़े मूत दोगे।

भिखारी : जाने दीजिए...आप इसके मुँह मत लगिए...घर जाइए। बड़ आदमी हैं आप। अपना जबान मत खराब कीजिए।

(युवा भुनभुनाते हुए चल देता है।)

मिसिरजी : चलें हम। ए भिखारी ! बहोर जैसे लौटे, बोलना कि हाल-समाचार दे जाए।

भिखारी : जी मिसिरजी।

(मिसिरजी निकल जाते हैं।)

भिखारी : *(सरूप से)* का हालचाल है काका ? कवनो खास बात है का ?

सरूप : बेटी का बियाह है। दिन तय हो गया है बाबू। तुम्हारे बाबू को नेवता दे दिए हैं। सोचे, तुमको भी खबर कर दें। एक आदमी को रहना होगा।

भिखारी : ठीक है काका। सब पार लगेगा। तुम फिकिर मत करो। हम रहेंगे।

सरूप : चलते हैं। चलो जी गोरख।...परनाम बाबूसाहेब।

(सरूप और गोरख निकल जाते हैं।)

रामानन्द : का हाल-समाचार है ?

भिखारी : अब जिनगी काटना दूभर हो गया है बाबूसाहेब। हम आ तो गए कुतुबपुर, पर बहुत दिन रहेंगे ना।

रामानन्द : का हुआ ? कवनो बात हुई का ?

भिखारी : ना। हमको बाहर जाना है। कई दिन से सोच रहे थे कि आपसे राय-सलाह करें। बाबूसाहेब, अब जजमानी और टहलुवई से पेट ना भरेगा। एक तो पउनी-परजा की जिनगी और दूसरे भूखे पेट। बाल-बच्चा-परिवार के लिए हाथ में दू-चार पइसा रहना जरूरी है।...खेती-बाड़ी से इस साल आस नहीं है।

रामानन्द : सो तो है। सूखा में सब स्वाहा हो गया। अकाल की नौबत है। नदी कछारे रहते हुए भी धरती में आग लगी है।

भिखारी : हाँ बाबूसाहेब, विचार है कि बाहर निकल जाएँ।

रामानन्द : कहँवा जाओगे ?

भिखारी : कहीं भी।

रामानन्द : ऐसे होता है ? कुछ तो सोचा होगा।

भिखारी : मेदिनीपुर चाहे खड़गपुर।

रामानन्द : कवनो परिचित ? हित-नाता ?

भिखारी : हाँ, सम्बंधी लोग हैं। फूफा हैं। जाकर देखते हैं।

रामानन्द : ठीक है। खूब सोच-विचार लो। बाल-बच्चा जनाना छोड़कर कमाने के लिए परदेस जाना कवनो बुरी बात न है। जाओ।...विचार कर लो...बहोर से...मानपुरवाली से... दलसिंगार ठाकुर से...।

भिखारी : बाबू को तो आप जानते ही हैं। सुने नहीं कि...

रामानन्द : अरे मरदे मत फिकिर करो...चलो...दलसिंगार ठाकुर को हम समझा-बुझा देंगे। चलो...चिन्ता में परान मत दो।

(दोनों का प्रस्थान। प्रकाश सिमटता है। मंच के दूसरे भाग में प्रकाश। कलकत्ता में बाबूलाल का घर। बाबूलाल हारमोनियम बजा रहे हैं। उनके गायन से दृश्य खुलता है। सामने भिखारी बैठे हैं।)

बाबूलाल : *मोरा पिछुवरिया लवँगिया के गछिया*
आहे छँहिया आ गइल मोरा अँगनवा।
पिया चलि गइले रे पुरुब के देसवा
आहे सेजिया उजड़ि गइल मोरा अँगनवा।
ललकी रेलगाड़िया रे भइली सौतिनिया
आहे पिया के ले गइली रे कवने नगरिया।

भिखारी : तुम्हारे कंठ में सुरसती का वास है बाबूलाल भाई। बहुत दरद है। बहुत मिठास है।

बाबूलाल : एक बात बूझ लो भिखारी...जो आदमी दुख में मिठास खोज

ले,...उसको बहुत तकलीफ सहना पड़ता है।

भिखारी : मतलब ?

बाबूलाल : मतलब सबका दुख—अपना दुख लगने लगता है। दुख का चस्का लग जाता है। दारू से भी ज़्यादा नशा है दुख में। कलकत्ता का यही गुन है। अजब जगह है कलकत्ता। यहाँ कुछ लोग दुख से आँख मूँदके सुख के लिए पगलाए जीते हैं, तो कुछ लोग कलेजे में दुख लिये बौराए फिरते हैं।

भिखारी : खड़गपुर, मेदिनीपुर, जगन्नाथ धाम—सब जगह घूमे। तरह-तरह के लोग से मिले,...पर सचमुच कलकत्ता अजबे जगह है।

बाबूलाल : हाँ, अजब तो है। अपने देस के लोगों के लिए अबूझ पहेली है कलकत्ता। कोई नहीं बूझ पाता है इसे। समझते-बूझते उमिर सरक जाती है। बाद में पता चलता है कि आह रे बाप, अभी सब बाकी है। सपना माफिक झिलमिल करते रहता है आँख में...। जादू है, जादू। का जनाना, का मरदाना...का देसी, का परदेसी,...हमको तो यहाँ के लोग ना साँच लगते हैं, ना झूठ।

भिखारी : हम जब आए थे, तो नया-नया में मन करता था कि अधरतिया में हाबड़ा के पुल पर जाकर गंगाजी में कूद जाएँ। खूब छप-छप नहाएँ...सारी रात तैरें। फिर पता चला कि रात को तो पुलवा तोड़ देता है। खींचकर हटा देता है। सनीमा-थेटर देखे, तो आँख में अँजोर भर गया।

बाबूलाल : अभी तुम कलकत्ता देखे कहँवा भिखारी ! कलकत्ता में जितना अँजोर है, उतना ही अन्हार है भाई।...भिखारी, तुम बढ़िया किए कि लौट रहे हो। हम भी ना चाहते हैं कि तुम कलकत्ता में रहो। जाओ, अपने गाँव-घर लौट जाओ। कलकत्ता सोने का हिरना है। कलेजे में हूक भर देता है,...टीस भर देता है। बस थामे रहो कलेजा। हाथ रिक्शा

खींचते-खींचते फेफड़ा फाट जाता है। खून बोकरते हुए मरते हैं लोग। मछरहट्टी में पलदारी करते हुए जो दुरगन्ध घुसती है नाक से, मरने के दिन तक मगज में बैठी रहती है ससुरी। चटकल में पटुआ का रेशा छाँटनेवाले पगार के साथ दमा की हँफनी धर ले जाते हैं। चार पैसे में एक पैसा भी गाँव तक नहीं पहुँचता मेरे भाई। कुछ पेट में जाता है, तो कुछ रंडी के अँचरा की हवा से उड़ जाता है। गाँव पर जनाना झुलनी पहिनने के लिए नाक छेदवाकर राह देखती रह जाती है और...।

भिखारी : रंडी तो कलकत्ता का भारी कोढ़ है। बड़का रोग।

बाबूलाल : ना भिखारी, ना। रंडी तुम देखे कहँवा हो अभी ! रंडी भी औरत होती है भिखारी। रंडी ना रहे कलकत्ता में तो यहाँ कुछ भी ना बचे। गंगाजी और रंडी—यही दूनों तो कलकत्ता को जिलाए हुए हैं। सबका पाप,...सबका नरक यही दूनों सहेजती हैं।

भिखारी : बाबूलाल भाई, तुम तो फिर भी यहीं बसे हो।

बाबूलाल : कवन बसा है ? हम ? *(हँसते हैं।)* हम बसे ना हैं। बस दिन काट रहे हैं। हम भी लौटेंगे। तुम लौट जाओ भिखारी। इस सोने के हिरना की नाभि गाँव में ही है। यहाँ तो खाली हिरना है, बिना नाभि वाला।...हाथ में का है ?

भिखारी : पोथी है। तुलसी बाबा का रामायन। हमको तो इसी में चैन मिलता है। मेदिनीपुर में रामलीला देखे, तब से इसी में परान अँटका है। मन लपटा गया है रामायन जी में।

बाबूलाल : अच्छा है। लोग रुपिया-पैसा, कपड़ा-लत्ता, दुख-बीमारी, सपना-मउवत लेकर जाते हैं कलकत्ता से,...और तुम जा रहे हो तुलसी बाबा की पोथी लेकर।

भिखारी : हाँ, बाबूलाल भाई। इस पोथी में सबकुछ है। सिया-सुकुमारी

से मन्दोदरी तक,...जिनगी का हर रस है।...पर कलकत्ता से और भी बहुत कुछ ले जा रहे हैं।

बाबूलाल : कवन-कवन चीज है भाई ? हमहुँ तो सुनें।

भिखारी : बता सकना कठिन है, महाकठिन। मन के भीतर सब है, पर बानी नहीं है कि बता सकें। पर भरोसा है कि एक दिन सब कह सकेंगे,...सुना सकेंगे। बस, सुरसती माई की किरपा हो जाए,...बानी मिल जाए।

बाबूलाल : बहुत आकुल हो भाई।...यह अकुलाना ही राह पार करवाता है। बस अकुलाए रहो। इसी से राह मिलेगी और इसी से पार भी लगेगी राह।

भिखारी : जल्दी आना बाबूलाल भाई।

बाबूलाल : हूँ। जल्दी ही लौटेंगे। तुम हमारे गाँव चन्ननपुर सनेस भिजवा देना कि यहाँ हम राजी-खुशी हैं।

(बाबूलाल, भिखारी को विदा करते हैं। भिखारी निकलते हैं। प्रकाश सिर्फ बाबूलाल पर केन्द्रित है। वे भिखारी को जाते हुए देखते रहते हैं। भिखारी के जाने के बाद बाबूलाल महेन्द्र मिश्र का रचा हुआ गीत गाते हैं।)

बाबूलाल : *नेहिया लगा के दुखवा दे गइले रे परदेसी सइयाँ।*

बिरहा जलावे छाती नींदियो ना आवे राती,

(अन्तरा की इस पंक्ति के साथ ही बाबूलाल पर केन्द्रित प्रकाश धीमा होता है और मंच के दूसरे भाग में उभरना शुरू होता है। अन्तरा की इस पंक्ति के साथ मनतुरनी दिखती हैं।)

बाबूलाल : *बिरहा जलावे छाती नींदियो ना आवे राती ,*
कठिन कठोर जियरा हो गइले रे परदेसी सइयाँ।

(मनतुरनी के सामने भिखारी खड़े हैं। उन्हें निहार रहे हैं। मनतुरनी रो रही हैं। रोते-रोते भिखारी के काँधे पर सिर टिका देती हैं। भिखारी उन्हें बाँहों में सहेजते हैं।)

मनतुरनी : कहँवा चले गए थे ? इतना-इतना दिन परदेस रहोगे, तो हम कैसे जिएँगे ?

बाबूलाल : हम तुम्हारा दुख बूझते हैं। हम भी तो अकेले ही परदेस की जिनगी काट रहे थे ! कवन था हमारे साथ ? ना बाप-भाई, ना बाल-बच्चा,...और ना तुम थीं।

मनतुरनी : हमको कलकत्ता से बहुत डर लगता है।

भिखारी : तुमको काहे डर लगता है ? तुम तो देखी ना हो कलकत्ता। फिर बिना देखे का डर कैसा ?

मनतुरनी : डर की मत पूछो शिलानाथ के बाबू ! औरत जब पैदा होती है, तो महतारी के दूध के साथ पहले डर पिलाया जाता है उसको। हमारी माई हमारे जनम के बाद एक गीत गाती थी—जो हम जनतौं कि धिया कोखि जनम लिहें/पियतौं मैं मरीच झरारि हे।...पता होता कि बेटी जनमेगी तो महतारी मरीच पी लेती। गरभ में ही डर। साँच कहें, तो हमको कलकत्ता से डर ना था। हम तो तुम्हारे खातिर डर रहे थे...

भिखारी : हमारे खातिर डर ?

मनतुरनी : छोड़ो अब इस बात को। बताओ, कैसा देस है कलकत्ता ?

भिखारी : गजब देस है। देस-भेस, बोली-बानी, खान-पान—सब अलग। पर अपने देस के लोग भी बहुत हैं।

मनतुरनी : सुने हैं कि कलकत्ता की जनाना सब जादू जानती है। काला जादू। मरद को भेड़ा बनाकर पोसती है।

भिखारी : जादू तो तुम भी जानती हो।

मनतुरनी : हम ? हम जादू जानते हैं ?

भिखारी : तुम्हारे जादू जाने बिना हम तुम्हारे पोसुआ कैसे हो गए ? बोलो।

मनतुरनी : तुमको कोई पोसुआ नहीं बना सकता। एक तो मरद जात, स्वारथी जात। दूसरे तुम। दूसरे मरद का स्वारथ तो दिख भी जाता है, पर तुम्हारा ? तुम्हारा स्वारथ तो दिखता भी नहीं।

भिखारी : हम स्वारथी हैं ?

मनतुरनी : ना होते स्वारथी तो हमको अकेले छोड़कर...देस-परदेस घूमते फिरते ! तुम तो गए थे कमाने। बोलो, गए थे न ? फिर जगन्नाथ धाम, कलकत्ता–कहँवा-कहँवा घूम आए ! ना कवनो चिट्ठी-पत्री, ना कवनो खोज-खबर ! माई बहुत रोती थी। बाबू भी रात-रात-भर जागते रहते थे। तुम रहते हो तो गरम होकर बोलते रहते हैं, पर जब से तुम गए, बाबू की बोली-बानी सब बन्द...अकाल का समय। अकेले बहोर के कपार पर सारा बोझ।

भिखारी : और तुम ?

मनतुरनी : हमारी छोड़ो।

भिखारी : काहे छोड़ दें तुम्हारी बात ?

मनतुरनी : हमारी समझ सको, तो समझ-बूझ लो। समझाने से हमारी बात ना समझ सकोगे। औरत का मन खोह होता है शिलानाथ के बाबू। सब कोई ना उतर सकता है खोह में। उतरनेवाला राह नहीं पूछते फिरता है।

भिखारी : मनतुरनी !

मनतुरनी : हाँ, शिलानाथ के बाबू। हम तो औरत हैं। मूरख जात। हम तुमको राह नहीं बता सकते। राह पूछोगे, तो जिनगी-भर

पूछते रह जाओगे। राह बनाओ शिलानाथ के बाबू। सबके बूते की बात नहीं खोह में उतरना। बूता चाहिए...हिम्मत। तुम तो बिलार जैसे म्याऊँ-म्याऊँ करते हो खालो। बिलार आँख भी तड़ेरती है...गुर्राती है...बखत पड़े तो झपटके ले भी भागती है।

भिखारी : किसके भरोसे आँख तड़ेरें ? किसके बूते पर गुर्राएँ ?...झपटके ले लें, तो भागके जाएँगे कहँवा ?

मनतुरनी : अपने भरोसे...अपने भरोसे शिलानाथ के बाबू। दूसरे के बूते से पहलवानी नहीं होती। और जो झपटके ले भागता है, उसके लिए दुनिया का हर कोना अपना होता है।

भिखारी : बत्तीस दाँत के बीच जीभ की तरह जीना है। अब हमसे पउनी-परजा की जिनगी पार ना लगेगी। खेती-बाड़ी में मन नहीं लगता। परदेस गए तो बौराह की तरह भटकते रहे। देखो, रामायनजी की पोथी लेकर लौटे हैं। सोचते हैं, रामलीला करेंगे। मेदिनीपुर में रामलीला देखे...कलेजा जुड़ा गया...आत्मा को बहुत भरोसा मिला।

मनतुरनी : सुनो, तुम जोगी बन जाओ। साधु बाबा। धूनी रमाओ...पोथी बाँचो...पर रहोगे हज्जाम ही। कौनो पंडित...राजपूत-अहीर, कोइरी-कुरमी तुम्हारा पाँव नहीं छुएगा। समझे ? जोगी ही बनना था, तो लौटे काहे ? गंगासागर चले जाते...

भिखारी : तुम बात ना समझ रही हो।

मनतुरनी : तुमको पंडित बनने की लालसा लगी हुई है। इस जनम में तो तुम्हारी लालसा ना पूरी होगी। छुरा-कैंची गंगाजी में फेंक दोगे, तो भी।

(मनतुरनी चली जाती हैं। भिखारी उन्हें जाते हुए देखते रह जाते हैं। प्रकाश सिमटता है।)

अन्तराल

(रामायनी धुन के साथ दृश्य खुलता है। प्रकाश होता है। भिखारी कुछ लोगों के साथ अपने घर के सामने बैठे हैं।)

जगदेव : एकदम उदास-उदास लग रहा है। बारात विदाई के बाद बेटीवाले का घर सूना हो जाता है, ठीक वैसे ही लग रहा है।

जगधारी : हाँ, कल तक रामलीला की चिलफिल मची हुई थी। ये लाओ...वो लाओ...मुकुट नहीं है...तो धनुख-बान कहँवा है ? बाप रे।

बंगाली : ठीक बखत पर हनुमानजी की पूँछ गिर गई। आहि रे बाप।

मुखलाल : परभुआ के बेलाउज में हाथ डालके जगधरिया गेन्द खींच लिया। परभुआ तो लगा खून पी जाएगा।

भिखारी : चुप रहो मरदे। जो हुआ सो हुआ।

जगदेव : हाँ, अब खाली बतकुच्चन से नहीं होगा। जिसके-जिसके घर से सामान आया है, बाँस...चौकी, परदा का चादर उसको लौटाना भी तो होगा। चलो सब आदमी मिलकर काम निबटा दिया जाए।

भगवान साह : भिखारी, तुम बेकार रामलीला के झंझट में फँस गए। चिरइया की जान जाए और खवइया को नाँही। सब लोग महीनाभर से कोल्हू के बैल जैसा खट रहे हैं और ऊपर से बदनामी भी कपार पर। किसी की जात जा रही है, तो किसी की नाक कट रही है।

जगधारी : रात-भर बैठके सब कोई मजा लिया और भोर होते ही छीछालेदर !

भिखारी : धरम के काम में, रामायनजी के खेल में भी जात-पात चलेगा—हम ना सोचे थे।

भगवान साह : बन्द करो। अगले साल से बस झाँकी निकालो। रामजी, सीताजी, हनुमानजी बनाकर बैठा दो। खेला खतम !

जगदेव : ए भइया, रुपिया-पइसा सब धर लो अपने पास। हमसे अब इसको ढोना पार ना लग रहा है। भारी झंझट है।

जगधारी : बहुत भारी है ?

जगदेव : ए चोप्प !

भगवान साह : काहेजी एकदम परुआ बैल जैसा पल्ला फेंककर भाग रहे हो ?

जगदेव : अब हम परुआ हैं, तो हैं। तुम्हारे जैसा मरखाह बैल कैसे बन जाएँ ?

भिखारी : भगवान भाई, हिसाब-किताब कर लो। सब खरचा-बरचा देख लो। जिसका बाकी-उधार हो, चुकता कर दो। बचे, सो अपने पास जमा कर लो। अगले साल के लिए कुछ सोचा जाएगा, तो काम्म आएगा।

भगवान साह : अब नौ महीना इसको कवन ढोएगा भाई ?

बंगाली : ढोओ। तुम ढोओगे, और कवन ! तुम जमा करते हो, तो भौजी ढोती है कि ना ? सुने हैं कि फिर होने वाला है...

भगवान साह : चुप ना रहोगे ?

भिखारी : चुप रहो बाबू। अपने से बड़ आदमी का मान-मरजाद नहीं उतारते।

जगधारी : तो अभी का हुकुम है व्यासजी ?

बंगाली : व्यासजी कि रामायनजी ?

भिखारी : हँसी उड़ाते हो ?

बंगाली : ना रे बाप ! हँसी ! ऐसा पाप हम ना करेंगे।

भिखारी : साँझ के बखत सब आदमी का जुटान होगा।

भगवान साह : कहँवा ?

भिखारी : ब्रहमस्थान पर !

(दलसिंगार ठाकुर प्रवेश करते हैं। उनके आते ही सब जाने लगते हैं।)

दलसिंगार : हमारे आते ही मजलिस काहे टूट गई बाबू ? *(व्यंग्य से।)* बिराजिए देवतागन। हम सभा-संगत में बाधा डालकर पाप का भागी थोड़े बनेंगे !

(सब चले जाते हैं। भिखारी बैठे हैं। शिवकली बाहर निकलती हैं।)

शिवकली : *(दलसिंगार से।)* चलो, खा लो।

दलसिंगार : हम ना खाएँगे। अन्न-जल त्याग चुके हैं।

शिवकली : कब त्यागे जी ?

दलसिंगार : गाँव में ढोल-ताशा पिटवाकर त्यागें का ? जब एक बार कह दिए कि त्याग दिए, तो त्याग दिए। अब कपार पर काहे खड़ी हो ? जाओ।

शिवकली : अन्न-जल त्यागने से घर-गिरहस्थी चलती है ! तुम उपवास रहोगे, तो कोई बाल-बच्चा खाएगा ? कवन चूक हुई है कि समूचे परिवार को सजाय दे रहे हो ?

दलसिंगार : अन्न-जल ! अरे हम तो परान त्यागने को तैयार बैठे हैं। किसी दिन चल देंगे। कवनो आदमी हमारी बात सुनने को राजी नहीं है। कवनो आदमी को रोजी-रोटी की फिकर ना है। खेत-बधार, माल-मवेशी, जजमनिका—सबकी फिकर हमारे माथ पर।

शिवकली : बहोर ना करता है का ? तुम्हारे माथ पर तो कोई बोझा

नहीं है। सब लोग मिल-जुलकर कर ही रहे हैं। तुम्हारे जिम्मे है दुआर पर बैठकर हुकुम चलाना, सो चलाते ही हो।

दलसिंगार : अपने बड़का बबुआ से ना पूछती हो ?

(भिखारी बाहर निकल जाते हैं।)

शिवकली : हर आदमी एक रकम ना होता है। सबका सुभाव-बेवहार अलग-अलग होता है।

दलसिंगार : जनम लिये हज्जाम के घर, और चले हैं पोथी-पतरा बाँचने। दू अच्छर जोड़-घटाकर बाँचना का सीख लिये, लगे रामायनजी बाँचने।

शिवकली : उसके रामायन बाँचने से तुमको काहे दर्द होता है जी ? बियाए पतोहू और चिल्लाए सास।

दलसिंगार : इनके रामलीला से समूचे गाँव में खुसुर-फुसुर चल रही है। भीतर-भीतर खदबदा रहा है सारा गाँव। बबुआन टोला, पंडित टोला, हर जगह तुम्हारे बबुआ के मनबढ़पन से धुँआ उठ रहा है। कवनो दिन लाठी-भाला निकलेगा। भुगतना तो हमको पड़ेगा ? इनके माथ पर कवन जिम्मेवारी है ?

शिवकली : झूठ बात का बतंगड़ बनाते हो तुम। जिसके मन में जो आए, कहे। हमारा बेटा कवनो बदचलनी का काम ना कर रहा है। रामलीना करना कवनो पाप है ? पुन्य का काम है। पुन्य खाली बड़का जात की बपौती ना है। समझे ! चलो, कुछ खा-पी लो। पेट में दू कौर अनाज रहेगा, तो किरोध अपने-आप मिट जाएगा। खाली पेट रहोगे, तो बात-बेबात पेट की आग माथ पर चढ़ते रहेगी। चलो।

(प्रकाश सिमटता है। मंच का दूसरा भाग दीप्त होता है। गंगा-तट। भिखारी बैठे हैं। नेपथ्य से कबीर की पंक्तियाँ गूँजती हैं।)

नेपथ्य स्वर : *जियरा मेरा फिरै रे उदास।*
जरै सरीर यहु तन कोई बुझावै,
अनल बहे निस नींद न आवै।
जियरा मेरा फिरै रे उदास।

(रामानन्द सिंह प्रवेश करते हैं।)

रामानन्द : ऐसे मुँह बनाए काहे बैठे हो ?

भिखारी : *(उठकर दोनों हाथ जोड़ते हैं।)* परनाम बाबूसाहेब !

रामानन्द : का बात है ?

भिखारी : कुछ ना है। बस, ऐसे ही।

रामानन्द : उदास-निरास रहने से काम ना चलेगा। अभी तो पहिला डेग धरे हो। दूसरा डेग धरना बाकी है। जो धरती जुग-जुग से तप रही है, वो पाँव तो जलाएगी ही। घर-परिवार, गाँव-जवार—सब घेरा डालेंगे। पर जुद्ध तो लड़ना है मेरे भाई। जात-पात का फन्दा कोई नया फन्दा तो है नहीं। भिखारी, एक दिन आएगा, जब लोग तुमको समझेंगे।

भिखारी : रामलीला में जो बवाल हुआ, हम उससे डरे ना हैं। डरेंगे भी नहीं। हमको भी मालूम है कि इसी के बीच से राह निकलेगी। हाँ, इस रीत पर हँसी जरूर आती है। गजब की रीत है कि...राजपूत-कायथ को जादव नहीं मारेगा...। लोहार राम नहीं बनेगा...। कुम्हार हनुमानजी नहीं बनेगा। मल्लाह सीता माई का रूप नहीं धरेगा...। दुसाध को रावन काहे बना रहे हो ? रावन राक्षस था, भूल गए, पर दुसाध याद रहा। आप ना रहते तो भला अकेले हमसे पार लगता ?

रामानन्द : सब पार लगेगा। तुम अपना काम करो।

भिखारी : परिवार भी तो पीछे लगा है। बाबू का दुख समझते हैं हम। पर का करें ?

रामानन्द : अपने बाबू की फिकर छोड़ो। हम जानते हैं दलसिंगार ठाकुर को। उमिर हुई। नरमदिल आदमी हैं। कवनो बाहरी आमदनी नहीं है।

भिखारी : बाबूसाहेब। रामलीला से गुजर-बसर तो चलेगा नहीं। हम चाहते हैं, नाच पार्टी बनाना। अपना दल। पर जिस तरह का चलन है आजकल, उस तरह का नहीं। एकदम अलग, तुलसी बाबा के रामायनजी के चलन पर। अपनी बोली-बानी में अपने गाँव-समाज की जिनगी का सुख-दुख जोड़ना और दिखाना चाहते हैं हम।

रामानन्द : बहुत कठिन काम है। रसगर बात बिना दू घड़ी भी कवनो आदमी ना सुनेगा, ना देखेगा।

भिखारी : रस तो होगा बाबूसाहेब। रस होगा। रस कहँवा नहीं है ? हर जगह रस है। हर हाल में है। दुख में, सुख में, सब में रस है।

रामानन्द : तो करो। काम तो तुम्हीं को करना है। तुमको रोक कवन रहा है ?

भिखारी : लोगों को जमा करना होगा। अपना दल बाँधना होगा पहिले। हमको बहुत अनुभव नहीं हैं। जो लोग पहिले से नाच में हैं, हमारे जैसे नौसिखुआ आदमी पर काहे भरोसा करेंगे ? उनका चाल-चलन पहिले से ही इतना फूहड़ है कि कुछ मत पूछिए...।

रामानन्द : सुधारो। बनाओ नया आदमी। पूरा जिला-जवार घूमकर देखे हो। इसके-उसके—सबके पीछे-पीछे भागे हो। बाहर से बहुत कुछ देख-सुनकर लौटे हो। कवन दिन काम आएगा सब ? धोबी-धोबिन वाला जो लिख रहे थे, पूरा किए ?

भिखारी : माता सुरसती चाहेंगी, तो होगा पूरा। पहिला खेला इसी का करना चाहते हैं। आप ?

रामानन्द : हमको भी नचवाओगे का जी ? सब राजपूत मिलकर हमको जात बाहर कर देगा। *(हँसते हैं।)* हम तुम्हारे साथ हैं। पीठ पर खड़े हैं तुम्हारे। चलते हैं। हमको छपरा जाना है। कल लौटेंगे।

(रामानन्द उठते हैं। भिखारी दोनों हाथ जोड़ उन्हें विदा करते हैं। बाल-दाढ़ी बनाने का सामान खोलकर उसे निहारते हैं। फिर समेटकर रख लेते हैं। प्रकाश सिमटता है और पुनः दूसरे भाग में दीप्त होता है। भिखारी का घर। रात्रि का प्रकाश। भिखारी कागज-दावात-कलम लिये बैठे हैं। गुनगुना रहे हैं।)

भिखारी : *पपिहा बन प्रान बोले,*
तन तो सितार भइल।

भूख गइल प्यास गइल,
अँखियन के नींद गइल।
सबद-सबद जोड़े में
रात से बिहान भइल।
पपिहा बन प्रान बोले॥

खोजे मिले ना सुख,
आखर-आखर में दुख।
कविताई रात-दिन
मनवा बेहाल भइल।
पपिहा बन प्रान बोले॥

(स्वप्निल प्रकाश और संगीत फेड-इन होता है। भिखारी जैसे स्वप्न देख रहे हैं। उनके सामने एक प्रकाशवृत्त उभरता है। उसमें सफेद वस्त्रों में एक स्त्री खड़ी है।)

भिखारी : कवन ?

कमला : हम हैं...कमला।

भिखारी : कमला बबुनी ! आप यहाँ कैसे आ गईं ? हमको बुलवा लेतीं। हम हाजिर हो जाते।

कमला : तुम तो कुतुबपुर छोड़कर जाने कहँवा-कहँवा भटकते रहते हो ! कवन दिशा में खोजें तुमको ? गाँव छोड़कर गए। लौटे। फिर परदेस गए। तुमको परदेस से लौटे भी जमाना हो गया, पर एक दिन भी ना आए।

भिखारी : मानपुरवाली पूछ रही थी आपके बारे में।

कमला : का पूछ रही थी ?

भिखारी : यही, हाल-समाचार।

कमला : पिछले बरिस कुतुबपुर गई थी, तो आई थी मिलने। बहुत सुन्नर है, पर हमारी आमडाढ़ीवाली भौजी से कम...।

भिखारी : अब आप बहुत कम आती हैं कुतुबपुर ?

कमला : बाबूजी थे, तब तक नैहर था। भाई-भौजाई किसका होता है ? बिना भाई-बाप का नैहर सूना लगता है। तुम भी तो खोज-खबर ना लेते हो।

भिखारी : कमला बबुनी, साहस ना होता है। चाहते तो हैं कि आएँ, पर हिम्मत हार जाते हैं।

कमला : सुने हैं कि कविताई करने लगे हो ? नाच पार्टी बना लिये हो...खेल-तमाशा लिख रहे हो !

भिखारी : कविताई का करेंगे, बस ऐसे ही दू-चार आखर जोड़ लेते हैं। भगवान साह ककहरा सिखा दिए, तो इतना भी कर ले रहे हैं। भला मूरख आदमी का कविताई करेगा !

कमला : हमको याद करते हो ?

भिखारी : बहुत। बहुत याद करते हैं कमला बबुनी। कलकत्ता गए तो

हर घड़ी आप ही थीं मेरे मन में...आत्मा में...। आँख में आप ही बसी थीं। हमसे कलकत्ता सहा नहीं जा रहा था। पत्थर का कलेजा करके दिन काटे कलकत्ता में। सोचते थे,...सब झूठ होता,...कहीं तो दिख जाते पाहुन...कहीं तो मिल जाते !...तो कैसे बदल जाती दुनिया...।

कमला : खाली सपना देखते रहते हो। साँच, साँच होता है। साँच को झूठ में बदलना चाहते हो ? नसीब भी बदलता है कहीं। यही नसीब था मेरा।

भिखारी : बहुत दिन हो गया आपको देखे। आपको देखने का बहुत मन कर रहा है।...पर बोले तो कि हिम्मत हार जाते हैं। आप जब पहिली बार बिना सुहाग के सामने आकर खड़ी हुईं, कलेजा फाट गया। तब से हिम्मत ना होती है कि आपको देखें।

कमला : हमारे दुख से दुखी मत रहो भिखारी। औरत का जनम, दुख का जनम है। दुख ही जनमता है औरत का रूप धरके।

भिखारी : हम भी औरत बनना चाहते हैं।

कमला : नहीं जी सकोगे औरत बनकर। बहुत कठिन है औरत में जनम लेकर जीना।

भिखारी : कमला बबुनी, हम आपका दुख अपने कलेजे में छिपाकर जीते हैं।

कमला : कविताई करने लगे ?

भिखारी : ना बबुनी, ना। ऐसी हुनर कहाँ ? कविताई ना कर रहे हैं।

कमला : तो करो। हमारा दुख बोझा की तरह मत ढोओ। पसार दो धरती पर...लोग जानें-बूझें कि जिसका पति कलकत्ता जाकर बिला जाता है, उस पर का बीतती है ! जिसका आदमी देखते-देखते कपूर जैसे उड़ जाए,...वो औरत अपनी ही

आग में जलकर कैसे धुँआती रहती है !...लोगों को बताओ कि जिसका सुहाग बिना कवनो हाल-समाचार के उजड़ जाता है, उसकी जिनगी कितनी दूभर होती है !

(कमला पर से प्रकाश सिमट जाता है। भिखारी चौंककर उठते हैं। स्तब्ध हैं। पानी पीते हैं। फिर बैठते हैं। कागज-क़लम टटोलते हैं। बेहद आकुल दिखते हैं। नेपथ्य-स्वर में गायन सुनाई पड़ता है। प्रकाश सिमटता है।)

नेपथ्य-स्वर : *मन तकली जस नाचे*
मरम न काहू बाँचे॥
अरुझे धागा, मनवा अरुझे
कौन बताए साँचे॥
ऊँची-नीची बनी डगरिया
डेग मोरा कोई साजे॥
ऊँची लागे सबद अटरिया
चढ़ते जियरा काँपे॥
मन तकली जस...

(मंच पर प्रकाश होता है। सूर्योदय से ठीक पहले का समय। नेपथ्य-स्वर के समाप्त होते ही एक स्त्री का रुदन-स्वर फेड-इन होता है। दूर से आते इस स्वर में कई स्त्रियों का रुदन-स्वर शामिल हो जाता है। अफ़रा-तफ़री मचती है। लोग इस स्वर को सुनकर इधर-उधर आने-जाने लगते हैं। सब एक-दूसरे से जानना चाहते हैं कि 'हुआ क्या ?' भिखारी भी मंच पर हैं। घर के लोगों को आवाज़ देते हैं।)

भिखारी : माई ! ए माई ! का हुआ ? बहोर ! ए बहोर ! अरे देखो जी, कवन रो रहा है ?

बहोर : *(बाहर आते हुए।)* पूरब टोला से आवाज़ आ रही है।...लगता

है कोई गुजर गया ?

दलसिंगार : अरे अपने मन से हाल-समाचार मत गढ़ो। पता करो।

बहोर : माई निकली है बाहर। सबसे पहले वही सुनी।...सुनते ही भागी है।

भिखारी : कल साँझ तक तो सब ठीक था...कोई बीमार तो था नहीं !

बहोर : अरे कहीं सास-पतोहू का झगड़ा हुआ होगा...चाहे बाहर से कवनो गमी का हाल आया होगा।

दलसिंगार : तुम रह गए बकलोल के बकलोल। अपने मन से दस तरह का भँवरजाल बनाने लगते हो। जाकर पता तो करो।

(दलसिंगार उठकर जाने लगते हैं, तब तक शिवकली बाहर से प्रवेश करती हैं। उनके साथ गाँव के तीन-चार लोग भी हैं।)

दलसिंगार : का हुआ जी ?

शिवकली : बहुत खराब समाचार है...भरी जवानी में अपना परान हत लिया औरत ने। बाप रे...

बहोर : कवन माई ?

शिवकली : अरे हम कैसे बोलें ए बाबू ! हमारा तो मुँह ना खुल रहा है। हे भगवान...हे भोलेनाथ...

दलसिंगार : साफ काहे नहीं बताती हो जी ! तुम एतना खेला काहे करने लगती हो ?

जगदेव : तिवारी जी के घर गमी हो गई।

बंगाली : उनकी पतोहू माहुर खाके परान दे दी।

शिवकली : अरे अभी कवनो उमिर ना थी बाबू। काँच देह। ना बाल, न बच्चा। गवना में आई , तो नैहर भी ना गई थी !

बहोर : कवन पतोहू जी ?

जगदेव : छोटकी पतोहू। जदुनाथ तिवारी की जनाना।

बंगाली : बड़की तो बाल-बच्चेदार है।

दलसिंगार : रामबरन तिवारी की पतोहू...?

बहोर : जदुनाथ उनके ही बेटा हैं ना।

भिखारी : का हुआ था ? कुछ पता चला ?

मुखलाल : पता का चलना है। सब पता है।

शिवकली : बहुत दुख में थी बाबू...भगवान वैरी को भी इतना दुख ना दे।

बहोर : अच्छा काम किया है। जान देने में ही भलाई थी उस जनाना की।

भिखारी : जान देने में कवन भलाई ?

बहोर : तो का करे ? रोज-रोज मरने से बढ़िया होता है एक बार मरना। गवना आई तबसे गिद्ध जैसा मास नोच रहा रहा था उसका ससुर। रामबरन तिवारी आदमी है ? राक्षस है राक्षस।

मुखलाल : कसाई है साला।

शिवकली : अरे चुप करो बाबू।

जगदेव : चन्नन-टीका लगाकर रामायनजी की पोथी बाँचता है और चाल-चलन रावन का।

बंगाली : रावन मत कहो जी। रावन तो बड़का बिदमान था।

भिखारी : जदुनाथ तिवारी कहँवा हैं ?

बहोर : बंगाला है। कवनो मारवाड़ी के मन्दिर में घंटी डोलाता है और यहाँ बुढ़वा साला पतोहू को नोचता है।

भिखारी : कितना सहेगी कवनो जनाना !

दलसिंगार : हम जा रहे हैं पुरुब टोला। अब गमी है, तो जाना चाहिए।

बहोर : बुढ़वा को कवन गमी है ?

जंगदेव : उसका तो मुँह देखना पाप है।

दलसिंगार : चुप रहो सब जने। ढेर बढ़-बढ़कर मत बोलो।

(दलसिंगार निकल जाते हैं।)

शिवकली : गाय जस सिधुआ जनाना थी।

बंगाली : बहुत सुन्नर थी।

शिवकली : अरे बाबू ! इतना सुन्नर कि मत पूछो। सोना जैसा रंग था...एकदम गोर...नोह काटने जब-जब जाती थी—काकी-काकी बुलाती थी। अरे आग लगे इस बाहर की कमाई में...

(शिवकली देवी चली जाती हैं।)

मुखलाल : बड़की पतोहू को भी तंग करता था।

भिखारी : रघुनाथ तिवारी की जनाना को ?

बंगाली : पर वो हाथ ना लगी। नैहर सनेस भेजकर भाई को बुलवा लिया और जबरन चली गई। जब नौकरी छोड़के लौटे रघुनाथ तिवारी, तब आई ससुराल...।

भिखारी : हम ही गए थे सनेस लेकर। मशरख के पास नैहर है उसका।

शिवकली : *(बाहर निकलते हुए।)* बड़का लोगों की बड़की बात। जाओ जी बहोर, तिवारीजी के घर पता कर लो, कब अरथी निकलेगी। अपने घर का जजमनिका है। घाट जाना होगा। और तुमलोग सुनो ! अब बन्द करो बाबू। दस मुँह, दस बात। कवनो बात मुँह से निकल गई और पसर गई समूचे

गाँव में तो फजीहत हो जाएगी।

(शिवकली भीतर चली जाती हैं। भिखारी शून्य में निहारते हुए चुपचाप खड़े हैं। जगदेव उनके पास आते हैं।)

जगदेव : सुने हैं कि चन्ननपुरवाले बाबूलाल भाई आ रहे हैं।

भिखारी : दू-चार दिन में।

मुखलाल : अब तो अगले लगन की तैयारी में लगना होगा...

भिखारी : हाँ, सो तो है।

जगदेव : देर करोगे तो आदमी लोग इधर-उधर खिसक जाएगा। बाहरी आदमी लोग मँडरा रहा है। इसी फाँका में लोग जोड़-तोड़ के चक्कर में भटकते हैं।

बंगाली : सबका हाथ खाली रहता है। लालच में फँस जाता है आदमी। बयाना का रुपिया लेकर बहेलिया जैसा घूमता है सब।

भिखारी : रुपिया कवनो खराब चीज ना है, पर खाली रुपिया वास्ते परान दोगे, तो एक दिन ना जी सकते हो। सब होगा, चिन्ता मत करो।

मुखलाल : नया खेला लिखा रहा है ?

भिखारी : सब होगा। सबुर करो भाई।

दलसिंगार : *(प्रवेश करते हुए।)* यहाँ कवनो खजाना गड़ा हुआ है का कि नाग देवता जैसा आसन जमाकर सब जने बैठो हो ? एक के बाद एक विपत गिर रही है कपार पर और सब जने यहाँ बैठके बतकही में अझुराए रहो।

जगदेव : का हुआ काका ?

दलसिंगार : तुम लोगों को हल्ला-गुल्ला भी ना सुनाई पड़ता है का जी ? जाकर देखो दुसाध टोला में। मोतिया बहू की लाश आई है।

बंगाली : आहि रे बाप ! लाश !

पुरुष तीन : अरे कल तो मिली थी। गोदी में बच्चा लिये डोरीगंज बाजार से लौट रही थी।

जगदेव : हुआ का ?

दलसिंगार : हमारा मुँह मत खुलवाओ। जाओ। जाकर पता करो। बैठके कचहरी में बहस मत झाड़ो...।

(दलसिंगार बाहर निकल जाते हैं। सोमारू और जगधारी उत्तेजित स्थिति में लाठी लिये प्रवेश करते हैं।)

जगधारी : चल रे ! चल तो !

जगदेव : अरे बात बताओगे पहिले ।

सोमारू : तुमको बाते नहीं मालूम है। मऊगा कहीं का ! निकाल लाठी, चल जल्दी।

भिखारी : बात बताओ बाबू, पहिले बात बोलो। सब कोई चलता है। सब बात तो कहो।

सोमारू : का कहें काका ? मोतिया बहू भौजी रात डूबकर मर गई। गंगाजी के छाड़न में एक मील दूर लाश मिली है। सबसे पहिले बिन्द टोला के लोग देखे। सरजुगवा पहचाना कि अरे मोतिया बहू भौजी है !

भिखारी : हुआ का था ?

जगधारी : रात को, अधरतिया के बाद भागी और कूद गई । पुरुब ओर उसकी लाश मिली। बिन्द टोला वाले लाश लेकर आए हैं।

भिखारी : भागी तो घर का कवनो आदमी पीछा काहे नहीं किया।

सोमारू : अरे कोई देखता तब न पीछा करता ! और कवन करता ? गोदी का बालक ? दू बरिस का बच्चा है गोद में। मोतिया

के बाप फकीर दुसाध लोथ हो गए हैं। दुआर पर पड़े रहते हैं। गठिया से देह अकठ गई है।

जगधारी : अन्हार में भागी।

भिखारी : मोती तो बाहर है। हुआ का था ?

सोमारू : परदेसी की औरत। जवान उमिर...जवान देह। आफत है। बबुआन टोला के लोग जीना दूभर कर दिए थे उसका। रात-बिरात किवाड़ ठेलके घुसने के चक्कर में रहते थे लोग। कल मौका हाथ लग गया। सुने हैं कि गदाधर सिंह के बेटा घुस गए।

जगधारी : पानीदार जनाना थी। निकल गई घर से। मान-मरजाद बचाने के वेग में कूद गई गंगाजी में।

जगदेव : फकीर कवन नींद सोए थे भाई ! हल्ला करना चाहिए था। टोला-महल्ला जागता।

जगधारी : कवन मुँह खोलता है टोला-महल्ला में ? अब मर गई, तो समझ में आ रहा है। चलो...जल्दी चलो...।

भिखारी : रुको बाबू, रुको। हम भी चलते हैं। मन-मिजाज काबू में रखो।

बंगाली : थाना-कचहरी का मामला बनेगा।

सोमारू : चोप ! मऊगा कहीं का।

(सोमारू और जगधारी तेजी से निकलते हैं। पीछे-पीछे अन्य लोग जाते हैं। भिखारी सबसे पीछे थके-टूटे कदमों से जाते हैं। प्रकाश सिमटता है और पुनः दीप्त होता है। मंच पर भिखारी का घर। मनतुरनी भिखारी की प्रतीक्षा में खड़ी हैं। सामने से भिखारी प्रवेश करते हैं। थके-हारे कदमों से चल रहे हैं।)

मनतुरनी : आ गए ? बहुत देर से राह देख रहे हैं।

भिखारी : मोती के दुआर पर थे। चली गई...ले गए लोग। बहोर लौटे ?

मनतुरनी : ना। उनके यहाँ भी बहुत देरी से अरथी उठी है। पतोहू के नैहर सनेस गया, आदमी आया, तब गए हैं लोग। रात हो जाएगी लौटते-लौटते।

(भिखारी बैठ जाते हैं।)

अब बैठो मत। उठो, हाथ-मुँह धो लो,...कुछ खा लो। भोर से साँझ होने जा रही है। ना कुछ खाए, ना पिए। दिन-भर बिना अन्न-दाना के रह गए।

भिखारी : खा लेंगे। भूख ना है अभी।

मनतुरनी : बिना खाए तो जिनगी कटेगी नहीं।

भिखारी : हाँ, देह धरे को दंड।...मन बहुत बेचैन है। तिवारीजी की पतोहू को तो हम देखे ना थे, पर मोती बहू की सूरत आँख के सामने नाच रही है। एक दिन चिट्ठी बँचवाने आई थी। साँवर देह...धनुही की रस्सी की तरह तनी हुई देह...गोद में बच्चा। दाँत से आँचल का कोर दाबकर खड़ी रही...हम चिट्ठी बाँचकर सुनाए । लगता है कि अब आकर खड़ी हो जाएगी सामने।

मनतुरनी : एक दिन में दू गमी हो गई। पता नहीं कौन देवी-देवता का कोप है !

भिखारी : एक ओर अपने ही गाँव के लोग...और दूसरी ओर अपने ही घर का माथ-मलिक...

मनतुरनी : सब करम का खेल है। जनाना की जिनगी बहुत कठिन है शिलानाथ के बाबू। तुम ना थे। गाय जैसी थर-थर काँपते जिनगी के दिन काटे हम। हमारे घर में तो सास-ससुर,

देवर-गोतिन, बेटा-बेटी—सब थे। सारा घर भरा था। फिर भी, अपने आदमी के बिना जनाना की जिनगी का कवनो मोल ना होता है।...उठो अब। साँझ हो रही है। दिया-बाती का बखत होनेवाला है।

भिखारी : हम खा नहीं पाएँगे।

मनतुरनी : ठीक है। मत खाना। हाथ-मुँह तो धो लो।

(गोद में बच्चा लिये, लोरी गुनगुनाती हुई मोती बहू की छाया भिखारी के सामने आकर खड़ी हो जाती है। भिखारी चौंककर उठते हैं। करुण संगीत के साथ प्रकाश सिमटता है। मंच का दूसरा भाग दीप्त होता है। सुबह का प्रकाश। गंगा-तट। नेपथ्य से बिना किसी वाद्य के गायन-स्वर सुनाई पड़ता है।)

नेपथ्य-स्वर : *नदिया किनारे रेत पर*
लोटे हिरन की प्यास रे।
नदिया किनारे रेत पर
पागल हुई ये साँस रे।
नदिया किनारे रेत पर
बैठे भिखारी दास रे।

(भिखारी गंगा-तट पर बैठे हैं। बाबूलाल नदी के उस पार उदित हो रहे सूर्य को एकटक देख रहे हैं।)

बाबूलाल : नदी किनारे भोर देखना, हमको बहुत अच्छा लगता है। जानते हो, काहे अच्छा लगता है?

भिखारी : काहे ?

बाबूलाल : नदी के पेट से,...जल-गरभ से निकलता है सूरज। इतना बड़ा अँजोर का गोला।...आग का गोला, और जनमता है पानी के पेट से।

भिखारी : हम समझे ना।

बाबूलाल : पर हम समझ रहे हैं। भिखारी, तुम नदी हो, निरमल-शीतल जल से भरी हुई नदी,...पर तुम्हारे गरभ में अँजोर का गोला छिपा है। छिपा है आग का गोला। बिरहा-बहार, कलजुग प्रेम से काम ना चलेगा। हम ये नहीं कह रहे हैं कि सब खराब है, पर असल ना है। तुम तुलसी बाबा बनना चाह रहे हो। उनके पीछे-पीछे चलोगे, तो राह में छूट जाओगे मेरे भाई।

भिखारी : हम समझ नहीं पा रहे हैं कि कवन चीज है हमारे भीतर, जो घूम रही है,...हिंडोर रही है।...हमारे भीतर कुछ है, पर का है, ना बूझ पाते हैं। मन कहना सब चाहता है, पर...।

बाबूलाल : डर लगता है ?

भिखारी : ना। डर ना है। जानते हैं हम कि साँच कहे तो मारन धावे। सब सहने को तैयार हैं। नाच पाटी बनाके सिरफ पेट पोसना हमारा मकसद ना है। पेट पोसने के लिए बहुत राह है। घर-परिवार, हित-नाता सब नाच के कारन वैरी हो चला है। मानपुरवाली भीतरे-भीतर नाच के चलते बहुत दुखी है। खुलके नहीं बोलती, पर जानते हैं हम कि उसका मन कलपते रहता है। बाबू से बोलचाल बन्द है। हमको देखते ही उनकी देह धधकने लगती है,...आनी-बानी से ना घबराते हैं हम, पर जो अपना है, उसको दुखी करके कब तक चैन से जी सकेंगे।...हम जानते हैं कि खेला में साँच कहेंगे तो जमाने के कान में जहर माफिक लगेगा...साँच दिखाएँगे तो आँख में बर्छी की नोक घुस जाएगी। इसका कुफल भोगना पड़ेगा। हम तैयार हैं सब सहने को, पर कवन तरह कहें ?...कवन तरह दिखाएँ ?

बाबूलाल : हम आए हैं, तब से देख रहे हैं कि तुम गुमसुम हो ? कवन पीड़ा तुमको मथ रही है ?

भिखारी : जनाना की जिनगी। दू-दू औरतन की जान बिना कवनो कसूर चली गई। कवन दोख था उनका ?...का अपना, का पराया, सबके लिए माटी का ढूह है औरत की देह। जिसका मन किया ढाह दिया। उसके मन-आत्मा की कवनो आदमी फिकर ना करता है।

बाबूलाल : बस भिखारी, बस। यही तो बात है। यही है मरम।...इसी मरम को छानो-बान्हो।...इसी मरम का भेद खोलो।...पर तुमसे कुछ ना होगा। तुम तो रोने-बिसुरने लगते हो। बात-बात पर रोना।...रोना बन्द करो। अपने सबद...अपनी बानी से मारो कि धरती फाट जाए। लोग रोएँ-बिलखें, पर तुम मत रोओ, मत बिलखो। मारो ऐसा सबद बान कि लोग तड़पें...छटपट करें और तुम बिहँसो। बिहँस-बिहँस के तरह-तरह का रूप धरो।

भिखारी : का करें ? मोती बहू की सूरत भुलाए ना भूल रही है।...कटहल के कोए जैसी आँख में काजर डारे आई थी, हमसे चिट्ठी बँचवाने। तिवारी की पतोहू भी बहुत सिधुआ थी। जैसी सुन्नर, वैसी ही सिधुआ।...कैसे डाली होगी माहुर अपने मुँह में ? माहुर खाकर कितना तड़पी होगी !...उस घड़ी किसकी सूरत उसकी आँख में बसी होगी ?...मोती बहू कैसे कूदी होगी गंगा के पेट में ?...कितना हाथ-पाँव मारी होगी किनारा पाने के लिए ? इस नदी का जो जल पीते मन ना अघाता है, उसी जल से कितना दुख हुआ होगा उसको ?

बाबूलाल : भिखारी ! सँभालो अपने को।

(भिखारी बिलख उठते हैं। बाबूलाल उन्हें सँभालते हैं। भिखारी धीरे-धीरे सामान्य होते हैं। प्रकाश सिनटता है। मंच का दूसरा भाग दीप्त होता है। एक छोटे प्रकाशवृत्त में बैठे भिखारी लिख रहे हैं। लिखकर गाते हैं।)

भिखारी : *डगरिया जोहत ना,*
बीतत बाटे आठ पहरिया हो,
डगरिया जोहत ना।

(मंच पर दूसरा प्रकाशवृत्त उभरता है। मोती बहू की छाया उभरती है। वह गा रही है। भिखारी की आवाज पर उसकी आवाज सुपर इम्पोज होती है।)

मोती बहू : *धोती पढ़धरिया धर के कान्हवा पर चदरिया हो,*
बबरिया झारि के ना, होखब कवना सहरिया हो,
बबरिया झारि के ना।

भिखारी : *कहत भिखारी मनवा करेला हर घरिया हो।*

मोती बहू : *उमरिया भरिया ना देखत रहतीं भर नजरिया हो,*
उमरिया भरिया ना।

(मोती बहू रोती है। उसके ऊपर से प्रकाश सिमटता है। भिखारी पूर्ववत् लिख रहे हैं। गायन आरम्भ करते हैं।)

भिखारी : *काइ कइलीं चूकवा कि छोड़लऽ मुलुकवा तूँ,*
कहलऽ ना दिलवा के हलिया बलमुआ।

(दूसरे प्रकाशवृत्त में तिवारी बहू बैठी है। वह गाती है।)

तिवारी बहू : *साँवली सुरतिया सालत बाटे छतिया में*
एको नाहीं पतिया भेजवलऽ बलमुआ।
घर में अकेले बानी, इसवर जी राखऽ पानी
चढ़ल जवानी माटी मिलऽता बलमुआ।

(तिवारी बहू पर प्रकाश धीमा होता है। वह रो रही है। भिखारी अपने प्राकशवृत्त से बाहर निकलते हैं। इस बीच मोती बहू का स्थल भी दीप्त होता है। दोनों समवेत् स्वर में गाती हैं। सामने से आती हुई कमला दिखती हैं।)

दोनों : पिया मोर गइलन परदेस, ए बटोही भइया।

रात नाहीं नींद, दिन तनी न चयनवा, ए बटोही भइया।
सहतानी बहुते कलेस, ए बटोही भइया।

(दोनों पर से प्रकाश सिमटता है। भिखारी के सामने कमला हैं। उनके इर्द-गिर्द एक स्वप्निल प्रकाश है।)

कमला : *रोवत-रोवत हम भइलीं पगलिनियाँ, ए बटोही भइया,*
पिया मोर गइलन परदेस, ए बटोही भइया।

भिखारी : बबुनी !...कमला बबुनी आप ?

कमला : काहे ? हमारा दुख इसमें शामिल ना करोगे का ?

भिखारी : बबुनी, दुख तो दुख होता है। का हमारा का तुम्हारा ! सब तो आप ही का है।

कमला : बहुत भेद होता है दुख और दुख में।

भिखारी : हाँ बबुनी, ठीक कहती हैं आप। मानपुरवाली भी यही कहती है कि बहुत भेद होता है दुख और दुख में।

कमला : बहुत बेचैन रहते हो आजकल ?

भिखारी : का करें ? कभी-कभी तो कुछ नहीं सूझता ! आप तो हरदम आँख के सामने रहती हैं। जब कुछ सोचते हैं, लिखते हैं...आके ठाड़ हो जाती हैं। आपका ऐसा भेस...बहुत पीड़ा देता है। रात में नींद से चिहुँक-चिहुँककर जागते हैं। हवा-बयार...आकाश-पाताल...सब एक साथ बोलने लगते हैं। सब पूछते हैं तरह-तरह के सवाल। एक दिन में दू-दू औरतन की जान चल गई।...मोती बहू पगली बयार की तरह उमड़ती-घुमड़ती रहती है हमारे भीतर...गंगाजी के पेट से आन्ही-बतास बनकर उठती है और छाप लेती है हमको। तिवारी बहू आकर हमारे सिरहाने खड़ी हो जाती हैं। रात-बिरात, दिन-दुपहरिया हर घड़ी आकर पूछती हैं कि कवन करेगा हमारी रच्छा ? एक आदमी हो तो हम लाठी लेकर रोक

लें ? मोती बहू पूछती है कि हमारा कवन दोख ? अब एक आदमी का दोख हो तो हम कहें !...का कहें हम बबुनी ? का करें हम ? सोचे, गान्ही बाबा का रास्ता अपनाएँ !...कुछ तो चैन मिलेगा आत्म. को। एक रात, बिना किसी को बताए, चुप-चोरी मोटरी गठरी बाँधके चले भी, पर छाड़न किनारे से लौट आए। पीछे-पीछे आपको देखा...आप बुला रही थीं...मोती बहू,...घूघ ताने तिवारी बहू, सब हमारे पीछे-पीछे। आप तो चुपचाप खड़ी रहीं, पर मोती बहू सामने आकर तन गईं...मत जाओ ! तिवारी बहू का रोना कलेजे में छेद करने लगा। लौट आए कमला बबुनी...। एक तरफ एक भारथ माता...और हमारे सामने...।

कमला : तुम अपनी भारथ माता को देखो भिखारी...

भिखारी : हाँ, सो तो है।

कमला : खेला तैयार हो गया ?

भिखारी : लगे हैं, बबुनी...भूख-पियास सब हर लिया है इस खेला ने...जुलुम की रात थी बबुनी, जिस रात दूनो मरीं। गजब भयावन रात थी। उस रात के बाद ना तो हमारे लिए चनरमा उदित हुए—ना कवनो तारा। उसके बाद से ना सोए हम, ना जागे। आँख से चुनते रहे हैं सबद-सबद। चले थे तुलसी बाबा बनने और बन गए कबीर दास।...सेज हमारी सिंह भई है, जब सोऊँ तब खाए !

कमला : सुने हैं कि बहुत बढ़िया नाचते हो...औरत का रूप धर के...।

भिखारी : बबुनी ! रूप ना धरेंगे तो लीला कैसे होगी। रूप धरेंगे तभी तो दूसरे को बताएँगे...

कमला : रूप धरते लाज आती होगी ?

भिखारी : लाज कैसी, अब कवन लाज ? रूप धरना कवनो पाप ना

है, पर कोई बूझने को तैयार नहीं है। ना मानपुरवाली, ना ही बाबू। मानपुरवाली को लाख समझाते हैं, पर...। बाबू तो बोलचाल बन्द कर दिए हैं। बात-बात पर परान त्यागने लगते हैं।...हम समझते हैं। दूनो को सुनना पड़ता है। पर हम का करें ? अब हमारे बस में ना है कि...

कमला : आमडाढ़ीवाली होती, तो अपने हाथ से सिंगार-पटार करके, तुम्हारे लिलार पर टिकुली साटकर भेज देती। बहुत साहस था उसके पास। धीरे-धीरे मानपुरवाली भी समझ जाएगी।

भिखारी : *(फीकी हँसी हँसते हैं।)* आप भी बबुनी !...

(प्रकाश सिमटता है। कमला अदृश्य हो जाती हैं। भिखारी विस्मित हैं। कागज के पन्ने सहेजते हैं। पूरा प्रकाश सिमट जाता है। तीव्र नृत्य-लयवाले संगीत के साथ प्रकाश फैलता है। एक पुरुष नर्तक नाच रहा है। नाचदल के लोग बैठे हैं। पूर्वाभ्यास चल रहा है। बाबूलाल हारमोनियम बजा रहे हैं। भिखारी सूत्रधार की मुद्रा में खड़े हैं।)

भिखारी : *नावत बानी सब कर माथा*
चित देइ सुनहु बिदेसिया गाथा।

बाबूलाल : प्यारी सुन्दरी का कहके रोवत बाड़ी ?

छबिला : मलिक जी ! हम एक बात बोलें ?

भिखारी : बोलो बाबू, बोलो।

बुधन : मत बोलो। तुम्हारे पेट में कुछ ना पचता है जी ?

जगदेव : बिलाई के पेट में मलाई ना पचता है।

(सब हँसते हैं।)

छबिला : हम बिलाई हैं ?

जगदेव : खाली बिलाई ना, घरघुसनी बिलाई।

(फिर हँसते हैं लोग।)

भिखारी : बात तो बोलो बाबू।

छबिला : बुधन बहुत बढ़िया गीत खोजके लाया है। जरा सुन लिया जाए। अगर खेला में डाल दिया जाए तो खून गरमा देगा।

भिखारी : सुनाओ जी बुधन !

बुधन : ना मलिकजी।

जगदेव : सोनपुर मेला वाला गीत तुमको याद नहीं है ? मलिकजी के सामने गाने में लाज लगती है ? ससुर-भसुर हैं का मलिकजी ?

बुधन : सोनपुर मेला में सुराजी लोग गा रहे थे। सुराज वाला गीत है। तो सुनिए

जिन जालिम जुल्मी लोगों ने
तुम पर है अतियाचार किया,
वे थोड़े से फिरंगी
लन्दन को जाने वाले हैं।

जगदेव : बस ?

बुधन : ना जी और है। अब मलिकजी कहें तब न ?

बाबूलाल : मलिकजी, बुधन महतो जेहल का नेवता लेकर आए हैं। सोनपुर से।

भिखारी : बुधन का गीत तो बहुत बढ़िया है।...पर जगदेव, हमको-तुमको—सबको बहुत बात सोचकर, आगा-पीछा देखकर चलना है मेरे भाई। सब काम, सबको नहीं करना है। गान्ही बाबा किसी को नहीं रोकते, पर कहते हैं कि जो आदमी जहाँ है, वहीं से...जो कर सकता है, वही करके भारथ माता को गुलामी से छुड़ाए...। भाई रे, हम लोग गरीब-गुरबा

हैं...छोटी जात के हैं...हाथ-पाँव में एक ना कई-कई बेड़ी-हथकड़ी लगी है। धरती की गुलामी खतम हो जाए और आदमी गुलाम रहे तो कवन लाभ ?

जगदेव : मतलब ?

भिखारी : मेला में कितना हल्ला होता है ? होता है न ? पर मेला से बाहर निकल जाओ, तो थोड़ी दूर बाद कवनो आवाज ना सुनाई पड़ती है।

छबिला : हाँ, सो तो है।

भिखारी : पर अधरतिया में...जब सब कोई नींद में रहता है...कवनो औरत विलाप करती है, तो पाँच दस-गाँव के तोग सुनते हैं। कोस, दू कोस, चार कोस तक आवाज जाती है...दिन में भी गंगाजी बहती हैं, पर लहर की आवाज गाँव तक ना पहुँचती है, पर रात में...हहर-हहर करती गंगाजी को रोज सुनते हो कि नहीं ?...दिन में रेलगाड़ी की सीटी नहीं पहुँचती कुतुबपुर,...पर रात में...गोल्डिनगंज में चिचियाती है, फेंकरती है रेलगाड़ी, तो कुतुबपुर में करेजा फोड़ देती है।...देखो भाई,...हमारी-तुम्हारी आवाज,...अधरतिया की आवाज है।...अन्हार में रोती-कलपती,...छाती पर मुक्का मारके विलाप करती जनाना की आवाज...।

बाबूलाल : समझे-बूझे जी बुधन ?

छबिला : इसका समझदानी फूट गया है। सब बह जाता है।

बुधन : हर घड़ी हँसी-ठठ्ठा मत करो।

भिखारी : हम जेहल से, लाठी से ना डरते हैं, पर नहीं चाहते कि...सउरी में...जनमते ही बालक मर जाए।

जगदेव : छोड़िए मलिकजी, आगे बढ़िए। चलो जी सोमारू, पावटी काटो।

(सोमारू स्त्री-वेश में गाते हुए नृत्य करता है।)

सोमारू : *हाय सँइयाँ कइ देलऽ सून खटोला*
आम के डाली कोयलिया कुहुके

भिखारी : ऐसे ना बाबू। ढेर मत कूदो। धीरज से। पाँव बाँधकर चलो। नजाकत से बाबू।

(स्वयं नाच-गाकर दिखाते हैं।)

आम के डाली कोयलिया कुहुके
ओसहीं कुहुकत बा चोला

सोमारू : *कहत भिखारी भयावन लागत बा*
हमरा कुतुबपुर के टोला
सँइयाँ कई देलऽ सून खटोला...

(सामूहिक विलाप-स्वर सुनाई पड़ता है। सब चकित होते हैं। पूर्वाभ्यास रुक जाता है।)

भिखारी : एजी मुखलाल, पता करो बाबू। का बात है ?

जूठन : *(प्रवेश करते हुए।)* मनबोध सिंह के पाहुन गुजर गए।

सोमारू : कवन जी ? पिछले बरिस तो बियाह किए थे।

जगदेव : हूँ। चानी गाँव में हुआ था। कुल्हड़िया के पास, आरा जिला।

जगदेव : बहुत मातबर थे। जगह-जमीन, रुपिया-पइसा—सब था...।

बुधन : बूढ़ थे मरदे ! एकदम झुलुवा झूल रहे थे।

जगदेव : ठोकके रुपिया दिया था। मँगनी में थोड़े ले गया था। मनबोधवा सार पइसा का जनमा हुआ है।

बुधन : हुँह ! बड़का बनता है ! बेटी बेचवा !

बाबूलाल : अब आगे मलिकजी ?

भिखारी : *(बुदबुदाते हैं।)* बेटी बेचवा !...बेटी बेचवा !...अब आज

बन्द कर दो बाबूलाल भाई।...*(जैसे खो गए हों।)* बेटी बेचवा...!

(प्रकाश मद्धिम होता है। सब लोग स्थिर हो जाते हैं। नेपथ्य से गीत-ध्वनि गूँजती है।)

नेपथ्य स्वर : *देहिया तो काँचे-काँचे*
मनवा ना केहू बाँचे
सूखि गइली गंगा-सरयु, कवने कसूर जी ?
फूटि गइली शंखा चूड़ी,
मिटि गइले सेनुरा,
उड़ि गइले पंछी पियवा, कवने कसूर जी ?

(मंच के एक भाग में प्रकाश होता है। एक रोती हुई औरत (बुचिया) को घसीटते हुए दो-तीन लोग लाते हैं। औरत रो रही है और प्रतिरोध कर रही है।)

बुचिया : ना...हम माथ ना छिलवाएँगे।...हम केश ना कटवाएँगे। कैसे निहारेंगे हम अपनी सूरत दरपन में ?...ना बाबूजी...हमको छोड़ दीजिए...हमको छोड़ दो भइया...हम परान दे देंगे...।

पिता : माथा तो छिलवाना पड़ेगा बुचिया !...यही जग की रीत है।...का करोगी अब दरपन में अपना चेहरा निहारके ?

बुचिया : हम जान दे देंगे, पर अपने माथा का केश ना देंगे...।

भाई : चोप्प ! बैठो चुपचाप। चिल्ला-चिल्लाकर सारा गाँव-जवार मत जुटाओ।...करम फूट गया, तो माथा का सिंगार रखकर का करोगी ? बैठो...हजाम बाहर बैठा है। चुपचाप केश छिलवा लेना...।

(पिता-भाई दोनों निकल जाते हैं। बुचिया रोती हुई भिखारी के सामने आती है। सिर्फ भिखारी पर प्रकाश तीव्र होता है।)

बुचिया : भिखारी भइया ! ए भिखारी भइया !...भइया !

(भिखारी जैसे आधी नींद में हों और स्वप्न देख रहे हों।)

भिखारी : का हो बुचिया ? का है ?

बुचिया : उठो भइया, उठो। माथा का केश काट दो। सब केश उतार दो भइया।

भिखारी : काहे ए बुचिया ? कवने कारन माथ छिलवा रही हो ?

बुचिया : हमारे स्वामीजी गुजर गए ए भइया।

भिखारी : ना बुचिया ना,...हमसे नहीं होगा। हम ना काटेंगे तुम्हारा बाल।

बुचिया : पाँव तुम रँगे...तो माथ का केश कवन उतारेगा ?

भिखारी : जिस हाथ से पाँव रँगे, उसी हाथ से कैसे उतारें माथ का केश ?

बुचिया : उतारना तो पड़ेगा भइया। बाबूजी कहते हैं, यही जग की रीत है।

भिखारी : ना बुचिया ! ना। हमसे ना होगा। हमारा कलेजा फट जाएगा ए बुचिया।...हमारे पास हाथ कहँवा है कि तुम्हारा केश उतारें ? देखो, देखो, कहँवा है हाथ ?...ना है हाथ। लूल हैं हम।

(भिखारी विक्षिप्त की तरह व्यवहार करते हैं। बुचिया पर से प्रकाश सिमट चुका है। वह जा चुकी है। भिखारी जैसे नींद से जागते हैं। धीरे-धीरे प्रकाश का रंग बदलता है। भिखारी खड़े होते हैं। नाचदल के अन्य लोगों पर प्रकाश तीव्र होता है। भिखारी गाते हैं।)

भिखारी : *गिरिजा कुमार ! करऽ दुखवा हमार पार*
ढर-ढर-ढरकत बा लोर मोर हो बाबूजी।

रूपिया गिनाई लिहलऽ, पगहा धराइ दिहलऽ
चेरिया के छेरिया बनवलऽ हो बाबूजी।
अइसन देखवलऽ दुख, सपना भइल सुख
सोनवा में डललऽ, सोहागावा हो बाबूजी।

(गीत समाप्त होने से पहले ही विभिन्न दिशाओं से "ए बन्द करो नाच-तमाशा,...खेल-तमाशा कर रहा है कि पगड़ी उछाल रहा है?...साला सब इज्जत उतार रहा है।...बन्द करो।...मारो सालों को। मार रे।..." की ध्वनि गूँजने लगती है। भिखारी ठाकुर पहले अपने ऊपर गिरते ईंट-पत्थरों से अपना बचाव करते हैं। कई लोग मंच पर उन्हें लाठी लेकर घेर लेते हैं। उनके पीछे उनके दल के अन्य लोग दुबके हुए दिखते हैं।)

भिखारी : शान्त हो जाइए बाबूसाहेब...शांत हो जाइए...। हमारी मंशा किसी की पगड़ी उछालना ना है...आपलोग नहीं चाहते, तो मत देखिए...पर बाबूलोग, बेटी बेचना कवनो बढ़िया काम ना है। रुपिया लेकर बूढ़ से बियाह करने से बड़ा पाप और का हो सकता है?...बेटी तो गाँव-नगर-कुल-परिवार की लाज होती है। बेटी बेचना...।

पिता : खेला नहीं होगा अब।

भाई : यही खेला है? मारो रे।

पिता : अरे, हरमुनिया छीन। छीन तो हरमुनिया। ढोलक फोड़ ।

भाई : भागो ढोलक-हरमुनिया लेकर। और सुन लो...सट्टा का एक पैसा नहीं मिलेगा। चलो...रेलगाड़ी हो जाओ। भागो सालो ना तो लाठी से मार-मारकर कपार फोड़ देंगे...।

(अफरा-तफरी। भिखारी मंच के अग्रभाग में खड़े हैं। तनी हुई लाठियाँ लिये लोग और सहमे हुए नाच-दल के लोग स्थिर हो जाते हैं। प्रकाश मद्धिम हो जाता है। सिर्फ

भिखारी को एक तीव्र प्रकाश-वृत्त घेरे हुए है। कमला बबुनी गाते हुए प्रवेश करती हैं—एक स्वप्निल छाया की तरह।)

कमला : *हउईं बटोहिया, लागल जब मोहिया,*
त जोहिया लगाइ कर, अइलीं बिदेसिया।

भिखारी : कवन ? कमला बबुनी ! आप ! आप भी बिदेसिया गा रही हैं ?

कमला : जब सकल जहान गा रहा है, तो हम ना गा सकते हैं ?

भिखारी : ना...ना ! ऐसी बात ना है। सब तो आप ही का है।

कमला : साँच ?

भिखारी : साँच बबुनी। इसमें भिखारी का कुछ नहीं। सब आपका है...मानपुरवाली...आमडाढ़ीवाली...तिवारी बहू...मोती बहू...। किसका-किसका नाम गिनाएँ ?

कमला : भिखारी, हमारा गोड़ नहीं रँग दोगे ?

भिखारी : रँगेंगे बबुनी। जरूर रँगेगे...पर रंग से ना रँगेंगे। अपने सबद से रँगेंगे आपका गोड़। आपका गोड़ रँगेंगे अपने बोल से,...अपने गीत से। बबुनी, आप,...और आप जैसी हर औरत का गोड़ रँगेंगे हम अपने खेला से। गाँव-गाँव घूमेंगे हम,...देस-देस घूमेंगे और सारी जिनगी रँगेंगे...

(कमला धीरे-धीरे मंच से बाहर चली जाती हैं। भिखारी मंच के मध्यभाग में आते हैं और दृढ़प्रतिज्ञ की तरह बिना किसी वाद्य के गाते हैं।)

कायापुर घर हउए, पानी से बनावल गउए
अचरज अकथ हऽ नाम हो बिदेसिया।
नाचऽवा के बोलिया से गोलिया लागत बाटे
अबहूँ से चेतऽ मोर एतने अरजिया।

नाहिं अब डर कवनो, नाहिं कवनो मोहिया
देस-देस घूमबि बनिके बटोहिया।

(पूरा मंच प्रकाशित होता है। दृढ़-स्वर में की गई भिखारी की प्रतिज्ञा से आह्लादित सारे पात्र उत्सव मनाते हैं। भिखारी गाते हैं। सारे पात्र गायन में शामिल होते हैं।)

भिखारी : ना कमल, ना कुमुदिनी
ना पोखर जल-पात।
बादल बन जब सबद बरसिहें
भींगिहें धरती गात।
सुख-दुख रचबों, घर-घर नचबों
ना अब कवनो लाज।
खेल-तमाशा करम-धरम है
कविताई दिन-रात।
नाम भिखारी, गाँव कुतुबपुर
नाई हमरी जात।

(समाप्त)

●●●